Albert Träger

Deutsche Lieder in Volkes Herz und Mund

SALZWASSER VERLAG

Albert Träger

Deutsche Lieder in Volkes Herz und Mund

Unveränderter Nachdruck der Originalausgabe von 1864.

1. Auflage 2022 | ISBN: 978-3-75259-703-5

Verlag: Salzwasser Verlag GmbH, Zeilweg 44, 60439 Frankfurt, Deutschland
Vertretungsberechtigt: E. Roepke, Zeilweg 44, 60439 Frankfurt, Deutschland
Druck: Books on Demand GmbH, In de Tarpen 42, 22848 Norderstedt, Deutschland

Deutsche Lieder

in

Volkes Herz und Mund.

Deutsche Lieder

in

Volkes Herz und Mund.

Mit Illustrationen

von Gustav Süs, Paul Thumann u. A.

Herausgegeben

von

Albert Träger.

Mit farbigem Titelbild von Paul Thumann.

Leipzig 1864.

Einleitung.

Plan und Zweck vorliegender Sammlung ist, eine Anzahl schöner Gedichte in Wort und Bild zu einem lebensvollen Ganzen zu gestalten!

Es giebt unendlich viele Gedichte, welche trotz aller Schönheit und Gedankenfülle keine Momente zu passender Illustration bieten. Das Suchen, Prüfen, oft selbst nur das Herausfühlen dessen, was zu bildlicher Darstellung geeignet, und ferner die Schwierigkeit, daß die künstlerische Beigabe nicht als blos zufällige Verzierung erscheine, sondern daß ihre Auffassung tief in das poetische Wesen der Dichtung eindringe, um das Verständniß zu vermitteln und die Empfindungsfähigkeit zu erhöhen, das Alles macht dergleichen Unternehmungen sehr mühsam. Zur Durchführung eines derartigen Planes aber Männer zu gewinnen, welche mit einer hervorragenden Stellung in der Kunst die poetische Empfänglichkeit für die Idee eines solchen Unternehmens verbinden, darin erkennen wir die schwierigste Aufgabe. Gerade in dieser Beziehung waren wir besonders glücklich, und richten daher vor Allem unsern wärmsten Dank an die beiden Herren, welche der Titel namhaft bezeichnet.

Die immer mehr wachsende Neigung des gebildeten Publikums für bildliche Darstellungen möge es rechtfertigen, wenn wir in kurzen Worten unsere Ansicht darüber aussprechen.

„Der Dichter kann und darf bei vielen Gedichten bei weitem nicht alles das schildern, was im weitern Sinne mittelbar oder symbolisch zum Gedichte gehören mag. Poetische Regeln oder Schranken binden ihn; die Strömung des freien Gedankens, der Flug der Phantasie möchten an geistigem Leben wesentlich einbüßen, wenn der Dichter in alle die Details eingehen wollte, welche mehr oder minder erst vom Leser, je nach dem Grade seines Verständnisses oder seiner Phantasie, stillschweigend dazu gedacht oder ausgemalt werden können. Dafür tritt die bildende Kunst ein! Sie übernimmt es nicht allein das in Worten Ausgedrückte zu veranschaulichen, sondern auch das Angedeutete oder Verschwiegene zu ergänzen, sie trachtet darnach das Ganze wie das Einzelne, treu der poetischen Wahrheit, belebend fortzuführen, so daß jeder geläuterte Geschmack in einem Blicke den ganzen Ideenkreis und Gedankenreichthum des Dichters erkennt oder empfindet.

So wirkt der Künstler durch die Form, und je mehr diese der Schönheit entspricht, Interesse einflößt und uns die Dichtung von den zartesten Ursprüngen des Gefühls und Seelenlebens an, bis zu den Elementen der unmittelbaren frischen Wirklichkeit erschließt, desto sicherer werden solche Leistungen vom gebildeten Publikum gewürdigt und sind berufen Freude und Genuß zu bereiten.

Besondere Aufmerksamkeit widmeten wir dem deutschen Volksliede und dem volksthümlichen Liede.

Unter Volkslieder verstehen wir, im Einklang mit der allgemeinen Auffassung, die ältere Gattung unserer Poesie, worin die Gesammtheit des früheren Volkslebens sich abspiegelt. Was tief im Gemüthe des Volkes ankerte, alte Sagen und Mythen, die Erscheinungen des Lebens, Liebe, Haß, Freude, Jagd, Krieg, Natur, frommer Glaube u. s. w., boten den unerschöpflichen Liederstoff! Diese Gedichte der damaligen Zeit entstanden nicht dadurch, daß der Dichter unmittelbar aus sich die Idee schöpfte und derselben kunstgemäß eine poetische Gestaltung gab, sondern der fertige Gedanke kam ihm von auswärts zu, sein Gedicht war nur das Organ für den Geist und die Anschauung, die im Volke lebten, er fand dafür, hier inspirirt, dort zufällig, gerade das Wort, welches zum Herzen des Volkes drang.

Selten nennt sich der Dichter, auch fragte man nicht nach demselben, gleich viel ob irgend ein reisender Geselle, ein Reiter oder Ritter das Lied verfaßt oder gesungen hatte. Je mehr der Ton und die Stimmung getroffen war, welche im Innern der Nation wiedertönte, und je glücklicher die Melodie gelungen, wonach das Lied gesungen wurde, um so rascher verbreitete es sich von Mund zu Mund und von einem Lande zum andern. Recht aus der wärmsten Lebensmitte unserer Vorfahren herausgewachsen, tragen sie den echten Stempel deutschen Ursprungs, ungekünstelt, herzlich, muthwillig, froh, tief=wehmuthsvoll zeigen sie uns das treue Bild des inneren und äußeren Lebens vergangener Zeiten. Unglaublich ist die Fülle solcher Lieder, doch da viele derselben uns zu fern liegen, so beschränkten wir uns nur solche auszuwählen, welche derart hervor ragen, daß sie in Empfindung, Form und Gedanken auch unsrer Zeit durchaus zusagen werden.

Außer den Volksliedern bereicherten wir diese Sammlung mit einer Anzahl vorzüglicher volksthümlicher Lieder. Deren scharfe Unterscheidung vom eigentlichen Volksliede, womit sie oft verwechselt oder vermischt werden, ist Sache der Kunstkritik, die uns fern liegt, wir können hier nur, gestützt auf die Ansicht competenter Richter, auf eine allgemeine Darlegung des Grundbegriffs eingehen.

Als sich vor etwa 80 bis 90 Jahren die, längere Zeit zurückgedrängte, Aufmerksamkeit auf die alten Volkslieder richtete, und selbst bedeutende Dichter Veranlassung fanden, sich daran zu bilden, ging von diesen selbst eine neue Gattung der Poesie aus, welche es sich zur Aufgabe machte, gleich den frühern Liedern die Gefühle und Gedanken zu treffen, welche unmittelbar dem Geiste und Geschmacke des deutschen Volkes entsprechend, diesem zum Herzen dringen sollten. Diese Gedichtgattung, meist von bekannten Namen, mit Melodien versehen, datiren von jener Zeit an bis zur Gegenwart; viele derselben gehören zu den herrlichsten Schätzen deutscher Poesie. Man bezeichnet sie zum Unterschiede von den ältern Volksliedern als volksthümliche Gedichte.

Auch darunter befinden sich manche, deren Verfasser unbekannt sind, oder deren Ursprung der Zeit nach zweifelhaft. Wir haben diese im Register eben so wie die älteren Gedichte als Volkslieder bezeichnet, wenn sie auch zum Theil nach der Ansicht der Kunstrichter für volksthümliche Lieder gehalten werden möchten. Eine kritische Unterscheidung bis zu dem Grade schien uns hier überflüssig zu sein.

Beim Suchen nach oben erwähnten älteren und neueren Schätzen haben wir Manches gefunden, was vergessen und vergraben war, oder was selbst unbekannt sein mag. Mancher Leser wird darunter mit freudiger Empfindung einem Freunde aus alter Zeit begegnen!

Außer den Volks- und volksthümlichen Liedern haben wir, ohne zu fragen ob alt oder neu, mit größter Sorgfalt nach solchen Gedichten geforscht, deren poetischer Werth zugleich der bildenden Kunst die Möglichkeit bot, ein schönes Ganze zu schaffen.

Was die Reihenfolge betrifft, so strebten wir, so weit es möglich war, eine Gattung nach der andern folgen zu lassen, und waren vornämlich auch auf allmälige Vermittlung der Uebergänge bedacht, um den Leser vor jedem jähen Stimmungswechsel zu bewahren.

Doch müssen wir besonders erwähnen, daß bei so reich illustrirten Werken wie dem vorliegenden, technische Rücksichten eine strenge Durchführung des Planes oft unmöglich machen, und das kritische Element dem künstlerischen nachstehen muß.

Trotz dieser Schwierigkeiten haben wir, so weit es eben möglich war, nach einer allgemein systematischen Zusammenstellung gestrebt, und wir geben darüber folgende kurze Andeutung:

Da wir es bei diesem Buche nicht für typographisch schön hielten, den Namen des Verfassers am Schlusse eines jeden Gedichts folgen zu lassen, so verweisen wir dieserhalb auf das mit großer Vorsicht angefertigte Register.

Noch erwähnen wir besonders, daß bei der getroffenen Auswahl, außer daß wir nach dem Schönsten forschten, wir auch noch mit besonderer Behutsamkeit bedacht waren, dieser Sammlung einen solchen Charakter zu geben, daß sie unbedenklich als ein ungemein schönes passendes Festgeschenk oder Angebinde für Frauen und Jungfrauen aufrichtig zu empfehlen ist.

Der Verleger.

Anfänge der Gedichte.

Seite

Inhalt.

Prolog.

Mein Volk und all sein Leben
Ist ganz dir offenbart,
Willst nur den Schatz du heben,
Den treulich es bewahrt,
Er spiegelt Alles wieder
Und thut dir Alles kund,
Der reiche Schatz der Lieder
In Volkes Herz und Mund.

Der Glanz verblich'ner Tage,
Ruhmreiche Heldenzeit,
Die schmerzensbange Klage
Um todte Herrlichkeit,
Des Mannes Kraft und Ehre,
Für's Vaterland der Drang,
Die alte Lust der Wehre,
Waidwerk und Becherklang.

In Treu' und Zucht das Minnen,
Des Heerdes Glück dabei,
Das fromme Herz tiefinnen,
Des Mundes Schelmerei,
Was je dein Volk betroffen,
Schwer drückt und hoch erhebt,
Sein Fühlen, Handeln, Hoffen
In seinen Liedern lebt.

Frag' nicht, wann sie gesungen,
Die aller Zeiten werth,
Der Ahn schon hat geschwungen
Des Enkels tapf'res Schwert,
Und wie das Herz geschlagen
Dem Vater in der Brust,
So fühlt zu künft'gen Tagen
Der Sohn auch Leid und Lust.

Frag' nicht, wer sie gesungen,
Was thut ein leeres Wort?
Der Sänger ist verklungen,
Das Lied singt selbst sich fort;
Nicht mag dem Dichter frommen,
Des Ruhmes flücht'ges Glück,
Was er vom Volk genommen,
Geb' er dem Volk zurück.

Dein dieses Volk zu nennen,
Solch' Glück ist dir bescheert,
O, lern' es recht erkennen
In allem seinem Werth,
Mit reger Lust stets wieder
Erforsche bis zum Grund
Den Schatz der deutschen Lieder
In Volkes Herz und Mund!

Albert Traeger.

Aennchen von Tharau ist, die mir gefällt,
Sie ist mein Leben, mein Gut und mein Geld,
Aennchen von Tharau hat wieder ihr Herz
Auf mich gerichtet in Lieb' und in Schmerz.

Aennchen von Tharau, mein Reichthum, mein Gut,
Du meine Seele, mein Fleisch und mein Blut!
Käm' alles Wetter gleich auf uns zu schlahn,
Wir sind gesinnt, bei einander zu stahn.

Krankheit, Verfolgung, Betrübniß und Pein
Soll unsrer Liebe Verknotigung sein.
Recht als ein Palmbaum hoch über sich steigt,
Je mehr ihn Hagel und Regen anficht,
So wird die Lieb' in uns mächtig und groß,
Durch Kreuz, durch Leiden, durch allerlei Noth.

Würdest du gleich einmal von mir getrennt,
Lebtest da, wo man die Sonne kaum kennt:
Ich will dir folgen durch Wälder und Meer,
Durch Eis, durch Eisen, durch feindliches Heer.
Aennchen von Tharau, mein Licht, meine Sonn',
Mein Leben schließ' ich um deines herum.

Ob ich dich liebe!

Ob ich dich liebe, frage die Sterne,
Denen ich oft meine Klage vertraut;
Ob ich dich liebe, frage die Rose,
Die ich dir sende, von Thränen bethaut;

Ob ich dich liebe, frage die Wolken,
Denen ich oft meine Botschaft vertraut;
Ob ich dich liebe, frage die Welle,
Ich hab' in jeder dein Bildniß geschaut;

Ob ich dich liebe, frage dich selber,
Hab' ich auch dir nie meine Liebe vertraut;
Ob ich dich liebe, frage mein Auge,
Immer hast du's in ihnen geschaut.

Verstohlen geht der Mond auf.

Verstohlen geht der Mond auf,
Blau, blau Blümelein!
Durch Silberwölkchen geht sein Lauf,
Rosen im Thal, Mädel im Saal,
o schönste Rosa!

Er steigt die blaue Luft hindurch,
Bis daß er schaut auf Löwenburg.
O schaue, Mond, durch's Fensterlein,
Schön Trude lock' mit deinem Schein.

Und siehst du mich und siehst du sie,
Blau, blau Blümelein,
Zwei treu're Herzen sah'st du nie,
Rosen im Thal, Mädel im Saal,
o schönste Rosa!

Stille Liebe.

Ich küsse dich oft in Gedanken
Und schaue dich im Geiste an,
Mein Herz verehrt dich ohne Wanken,
Ob ich dich gleich nicht sehen kann.
Mit dir vertreib ich meine Zeit
Oft in der stillen Einsamkeit.

Dein Name steht in meinem Herzen,
Du bist mein Trost und meine Lust;
Dein Bild vertreibt mir meine Schmerzen
Aus der so sehr gequälten Brust.
Wenn ich dich nur im Geiste seh',
Vergeht mir aller Schmerz und Weh.

Was ich nur rede oder denke,
Ist einzig und allein von dir.
Wohin ich meine Augen lenke,
So stell' ich mir dein Bildniß für.
Ja keine Stunde geht dahin,
Daß ich im Geist nicht bei dir bin.

Zufrieden muß ich itzo leben,
Weil ich so weit entfernet bin,
Und mich in die Geduld ergeben,
Weil ich vom Seufzen müde bin,
Doch schick' ich dir in meinem Sinn
Oft mehr als tausend Seufzer hin.

Und ob du gleich nicht willst erkennen
Die Treue meiner Redlichkeit,
So soll doch meine Liebe brennen
Bis an das Ende dieser Zeit,
Ja selbst auf meinem Leichenstein
Soll meine Treu zu lesen sein.

Doch bittrer noch —

Doch bittrer noch und schwerer
Als selbst des Todes Pein
Ist lieben — und vergessen
Von der Geliebten sein.

Ich schnitt es gern —

Ich grüb' es gern in jeden Kieselstein!
Ich möcht' es sä'n auf jedes frische Beet
Mit Kressen-Samen, der es schnell verräth.
Auf jeden weißen Zettel möcht' ich's schreiben!
Dein ist mein Herz, und soll es ewig bleiben.

Ich möcht' mir ziehen einen jungen Staar,
Bis daß er spräch' die Worte rein und klar,
Bis er sie spräch' mit meines Mundes Klang,
Mit meines Herzens vollem, heißem Drang,
Dann säng' er hell durch ihre Fensterscheiben:
Dein ist mein Herz, und soll es ewig bleiben.

Den Morgenwinden möcht' ich's hauchen ein,
Ich möcht' es säuseln durch den regen Hain,
O leuchtet' es aus jedem Blumenstern,
Trüg' es der Duft zu ihr von nah und fern.
Ihr Wogen, könnt ihr nichts als Räder treiben?
Dein ist mein Herz, und soll es ewig bleiben.

Ich meint', es müßt' in meinen Augen steh'n,
Auf meinen Wangen müßt' man's brennen seh'n;
Zu lesen wär's auf meinem stummen Mund;
Ein jeder Athemzug gäb's laut ihr kund,
Und sie merkt nichts von all' dem bangen Treiben —
Dein ist mein Herz, und soll es ewig bleiben.

Aug' und Mund.

Des Auges Macht und Kraft
Die kann sehr viel erringen,
Doch bleibt die Meisterschaft
Dem Mund in allen Dingen.

Wie kann es anders sein?
Das Herz kann sich nicht laben,
Nur durch den Mund allein
Giebt es uns seine Gaben.

Nun Mädel, denke nach,
Was tröstet uns in Plagen,
Was wendet Ungemach,
Was antwort' wenn wir fragen?

Ach Mund, dich liebe ich,
Was in dich ist gesetzet,
Das glaub ich sicherlich,
Wird hoch und werth geschätzet.

Was willst du Mädel mehr
Den Augen Vorzug geben?
Gieb doch dem Mund die Ehr!
Komm, küsse mich, mein Leben!

Das Aug' ist gar zu fein:
Es kann es jeder sehen,
Das Aug' ist nicht getreu,
Muß hin und wieder gehen.

Du weißt, wenn man sich küßt,
Wenn Mund und Mund frei spielen,
Wie lieblich süß das ist,
Was da die Herzen fühlen.

Ich lobe mir den Mund,
Der kann dir offen sagen,
Des Herzens tiefsten Grund,
Des Herzens stille Plagen.

Ach, wüßten's die Blumen.

Ach, wüßten's die Blumen, die kleinen,
Wie tief verwundet mein Herz,
Sie würden mit mir weinen,
Zu heilen meinen Schmerz!

Und wüßten's die Nachtigallen,
Wie ich so traurig und krank,
Sie ließen fröhlich erschallen
Erquickenden Gesang.

Und wüßten sie mein Wehe,
Die goldnen Sternelein,
Sie kämen aus ihrer Höhe
Und sprächen Trost mir ein.

Die alle können's nicht wissen,
Nur Eine kennt meinen Schmerz:
Sie hat ja selbst zerrissen,
Zerrissen mir das Herz!

Laß rauschen.

Ich hört' ein Sichlein rauschen,
Wohl rauschen durch das Korn,
Ich hört' ein Mädchen klagen,
Sie hätt' ihr Lieb verlor'n.

Ich hört' ein Hirschlein rauschen,
Wohl rauschen durch den Wald,
Ich hört' mein Feinslieb klagen
Die Lieb verrauscht so bald.

Laß rauschen, Lieb, laß rauschen;
Ich weiß nicht, wie mir wird,
Die Bächlein immer rauschen
Und keines sich verirrt.

So viel Stern am Himmel —

So viel Stern am Himmel stehen,
An dem blauen Himmelszelt,
So viel Schäflein, als da gehen
Auf dem grünen, grünen Feld,
So viel Vöglein, als da fliegen,
Als da hin und wieder fliegen,
So viel mal sei du gegrüßt!

Soll ich dich denn nimmer sehen,
Weil ich ewig ferne muß?
Ach, das kann ich nicht verstehen,

O du bittrer Scheidensschluß!
Wär' ich lieber doch gestorben,

Eh' ich mir ein Lieb erworben:
Wär' ich jetzt nicht so betrübt!

Weiß nicht, ob auf dieser Erden,
Die des herben Jammers voll,
Nach viel Trübsal und Beschwerden
Ich dich wiedersehen soll!
Was für Wellen, was für Flammen
Schlagen über mir zusammen,
O wie groß ist meine Noth!

Mit Geduld will ich es tragen,
Denk' ich immer nur zu dir,
Jeden Morgen will ich sagen:
O mein Lieb, wann kommst du mir?
Jeden Abend will ich sprechen,
Wenn mir meine Aeuglein brechen:
O mein Lieb, gedenk' an mich!

Nein, ich will dich nicht vergessen,
Enden nie die Liebe mein,
Wenn ich sollte unterdessen
Auf dem Todbett schlafen ein;
Auf dem Kirchhof will ich liegen,
Wie ein Kindlein in der Wiegen,
Das die Lieb' thut wiegen ein!

Der Baum im Odenwald.

Es steht ein Baum im Odenwald,
Der hat viel grüne Aest,
Da bin ich schon viel tausendmal
Bei meinem Schatz gewest.

Da sitzt ein schöner Vogel drauf,
Der pfeift gar wunderschön,
Ich und mein Schätzchen horchen auf,
Wenn wir selbander gehn.

Der Vogel sitzt in seiner Ruh
Wohl auf dem höchsten Zweig.
Und schauen wir dem Vogel zu,
So pfeift er alsogleich.

Der Vogel sitzt in seinem Nest
Wohl auf dem grünen Baum;
Ach Schätzchen, bin ich bei dir gwest,
Oder ist es nur ein Traum?

Und als ich wiedrum kam zu ihr,
Gehauen war der Baum,
Ein andrer Liebster stand bei dir:
O du mein böser Traum!

Der Baum, der steht im Odenwald
Und ich bin in der Schweiz,
Da liegt der Schnee und ist so kalt,
Das Herz es mir zerreißt.

Abschied.

Morgen muß ich weg von hier
Und muß Abschied nehmen;
O du allerschönste Zier,
Scheiden das bringt Grämen.
Da ich dich so treu geliebt
Ueber alle Maßen,
Soll ich dich verlassen.

Wenn zwei gute Freunde sind,
Die einander kennen,
Sonn und Mond begegnen sich,
Ehe sie sich trennen.
Noch viel größer ist der Schmerz,
Wenn ein treu verliebtes Herz
In die Fremde ziehet.

Dort auf jener grünen Au
Steht mein jung frisch Leben:
Soll ich denn mein Leben lang
In der Fremde schweben?
Hab ich dir was zu Leid gethan,
Halt ich um Verzeihung an,
Denn es geht zu Ende.

Küsset dir ein Lüftelein
Wangen oder Hände,
Denke, daß es Seufzer sei'n,
Die ich zu dir sende.
Tausend schick ich täglich aus,
Die da wehen um dein Haus,
Weil ich dein gedenke.

Liebesgruß aus der Ferne.

Sind wir geschieden,
Und ich muß leben ohne dich,
Gieb dich zufrieden,
Du bist mein einz'ges Licht.

Bleib' mir beständig,
Treu, unabwendig:
Mein letzter Tropfen Blut,
Sei dir, mein Engel, gut.

Ich will indessen,
Mein Engel und mein Kind,
Dein nicht vergessen,
Du liegst mir in dem Sinn.

Die Zeit wird's fügen,
Daß mein Vergnügen,
Nach überstandner Pein,
Wird desto größer sein.

Weht, weht, ihr Winde,
Und bringt mir einen Gruß
Von meinem schönsten Kinde,
Darum ich trauern muß.

Küßt ihr die Wangen,
Sagt mein Verlangen,
Bringt ihr die Botschaft mein:
Ich leb' und sterbe dein.

Flieht, flieht, ihr Lerchen,
Ueber Berg und über Thal,
Grüßt meine Schönste
Viel hunderttausendmal;

Flieht in den Garten,
Thut meiner warten,
Allwo die Treue blüht,
Ich leb' und sterb' vergnügt.

Der Jodlerin Absagung.

Du wirst mir's ja nit übel nehma,
Wenn i nit meh zu di komma;
Denn du weißt ja allzuwohl,
Warum i nit meh komma soll.

Bei meinem Eid, i hab' di lieb g'hat!
Hab' dir's oft g'sagt, daß i di lieb hab'.
Doch du weißt ja allzuwohl,
Warum di nit meh lieba soll.

Den schönen Strauß, i hab' ihn g'funden,
Hab' ihn g'pflückt und hab' ihn g'bunden;
Doch du weißt ja allzuwohl
Halt, wer den Strauß nun habe soll.

O hätt' i's nur verschlafa könne!
Doch i kann's nit, thust mir's lähma;
Denn du weißt ja gar zu wohl,
Warum i nit meh schlafa soll!

Hier unterm Mieder thut mir's pocha,
Komm an's Herz mi, laß die drucka!
Ach, du weißt ja gar zu wohl,
Daß i di nit meh drucka soll!

Soldatenliebe.

Steh ich in finstrer Mitternacht
So einsam auf der fernen Wacht,
So denk' ich an mein fernes Lieb,
Ob mir's auch treu und hold verblieb.

Als ich zur Fahne fort gemüßt,
Hat sie so herzlich mich geküßt,
Mit Bändern meinen Hut geschmückt,
Und weinend mich an's Herz gedrückt,

Sie liebt mich noch, sie ist mir gut,
D'rum bin ich froh und wohlgemuth:
Mein Herz schlägt warm in kalter Nacht,
Wenn es an's treue Lieb' gedacht.

Jetzt bei der Lampe mildem Schein
Gehst du wohl in dein Kämmerlein,
Und schickst dein Nachtgebet zum Herrn
Auch für den Liebsten in der Fern'!

Doch wenn du traurig bist und weinst,
Mich von Gefahr umrungen meinst:
Sei ruhig, bin in Gottes Hut,
Er liebt ein treu Soldatenblut.

Die Glocke schlägt, bald naht die Rund',
Und löst mich ab zu dieser Stund';
Schlaf' wohl im stillen Kämmerlein
Und denk' in deinen Träumen mein!

Nähe der Geliebten.

Ich denke dein, wenn mir der Sonne Schimmer
Vom Meere strahlt;
Ich denke dein, wenn sich des Mondes Flimmer
In Quellen malt.

Ich sehe dich, wenn auf dem fernen Wege
Der Staub sich hebt;
In tiefer Nacht, wenn auf dem schmalen Stege
Der Wandrer bebt.

Ich höre dich, wenn dort mit dumpfem Rauschen
Die Welle steigt;
Im stillen Haine geh' ich oft zu lauschen,
Wenn Alles schweigt.

Ich bin bei dir, du seist auch noch so ferne,
Du bist mir nah!
Die Sonne sinkt, bald leuchten mir die Sterne,
O wärst du da!

Treue Liebe.

Ach wie ists möglich dann,
Daß ich dich lassen kann!
Hab dich von Herzen lieb,
Das glaube mir.

Du hast die Seele mein
So ganz genommen ein,
Daß ich kein' Andre lieb
Als dich allein.

Blau blüht ein Blümelein,
Das heißt Vergißnichtmein,
Dies Blümlein drück' an's Herz
Und denke mein.

Stirbt Blum' und Hoffnung gleich,
Wir sind an Liebe reich,
Denn die stirbt nie bei mir,
Das glaube mir!

Wär' ich ein Vögelein,
Wollt' ich bald bei dir sein,
Scheut' Falk und Habicht nicht,
Flög' hin zu dir.

Schöß' mich der Jäger todt,
Fiel' ich in deinen Schooß,
Sähst du mich traurig an,
Gern stürb' ich dann!

Vergißmeinnicht.

Freundlich glänzt an stiller Quelle,
Wie des Mondes Silberlicht,
Eine Blume zart und helle;
O verkenn' dies Blümchen nicht.

Schimmernd wie des Aethers Bläue,
Wenn ihn kein Gewölk umflicht,
Ist es ein Symbol der Treue,
Das zum Herzen tröstend spricht.

Mild, wie deiner Augen Sterne,
Wie verklärter Unschuld Licht,
Ruft es warnend aus der Ferne:
O vergiß, vergiß mein nicht!

Wenn der Trennung Zähren fließen,
Folgsam dem Gebot der Pflicht,
Soll es deinem Pfad entsprießen,
Bittend: ach, vergiß mein nicht!

Doch, geliebte Seele, höre,
Was aus jedem Blättchen spricht;
Ach, sein Thau ist eine Zähre,
Und sie seufzt: Vergiß mein nicht!

Stille Liebe.

Treu geliebt und still geschwiegen!
Treue Liebe spricht nicht viel;
Nur in unhörbaren Zügen
Wallt das heiligste Gefühl.

Oft sagt eine stille Thräne
Mehr als Sprach' und Melodie.
Ach, der Liebe leise Töne
Sind nur Herzensharmonie.

Heißgeliebte! Dank und Segen!
Meine Seele stammelt's dir!
Und mein Herz schlägt dir entgegen
Ewig treu! Geliebte, dir!

Drum vergieb, daß ich geschwiegen;
Treue Liebe spricht nicht viel!
Ach, in unhörbaren Zügen
Wallt das heiligste Gefühl!

Fragst du nach —

Fragst du nach der Wünsche Fülle,
Ist die Antwort schnell bereit,
Laß mir in verschwiegner Hülle
Meiner Liebe Seligkeit.

Rühret nicht daran!

Wo still ein Herz von Liebe glüht,
O rühret, rühret nicht daran!
Den Gottesfunken löscht nicht aus —
Fürwahr, es ist nicht wohlgethan!

Wenn's irgend auf dem Erdenrund
Ein unentweihtes Plätzchen giebt,
So ist's ein junges Menschenherz,
Das fromm zum ersten Male liebt.

O gönnet ihm den Frühlingstraum,
In dem's voll ros'ger Blüthen steht!
Ihr wißt nicht, welch ein Paradies
Mit diesem Traum verloren geht.

Es brach schon manch ein starres Herz,
Da man sein Lieben ihm entriß,
Und manches duldend wandte sich,
Und ward voll Haß und Finsterniß;

Und manches, das sich blutend schloß,
Schrie laut nach Lust in seiner Noth,
Und warf sich in den Staub der Welt;
Der schöne Gott in ihm war todt.

Dann weint ihr wohl und klagt euch an,
Doch keine Thräne heißer Reu'
Macht eine welke Rose blüh'n,
Erweckt ein todtes Herz auf's Neu'.

Still wie die Nacht —

Still wie die Nacht, tief wie das Meer,
O Mensch, muß deine Liebe sein,
Wie Glockenklang so voll und hehr
Und wie das Licht der Sonne rein.

Es muß geschieden sein.

Es muß geschieden sein!
Gieb dich geduldig drein!
Mein Schatz, was willst du zanken?
Ich bleibe in Gedanken,
Bist du gleich weit von mir,
Mein Kind, doch stets bei dir!

Trennt Mund und Auge sich,
Wird doch mein Herze dich
Zu jeder Zeit begleiten;
Es soll dir stets zur Seiten
Als eine Schildwacht stehn:
Leb wohl! auf Wiedersehn!

Ueber's Jahr.

Ueber's Jahr, zur Zeit der Pfingsten
Pflanz' ich Maien dir an's Haus,
Bringe dir aus weiter Ferne
Einen frischen Blumenstrauß.

Schätzelein über Alles.

Schätzelein, es kränket mich,
Deine Eltern leiden's nicht,
Daß ich liebe dich.
Aber ja, ich kann nicht mehr,
Aber ja, ich kann nicht mehr
Verlassen dich.

Sei's bei'm Trinken oder Essen,
Nimmer kann ich dein vergessen:
Es vergeht ja keine Stund,
Es vergeht kein Augenblick,
Daß ich Seufzer zu dir schick'
Aus Herzensgrund.

Wenn alle Wässer wären Wein
Und alle Berge Edelstein;
Und sie wären mein,
So soll mir mein Schätzelein,
So soll mir mein Schätzelein
Noch weit lieber sein!

Schätzelein, nun zum Beschluß,
Dieweil ich von dir scheiden muß,
Von der Herzenslust,
Reiche mir dein Händelein!
Ich reich' dir mein Mündelein
Zu dem Abschiedskuß.

Im Sommer.

Der Sommer und der Sonnenschein
Ganz lieblich mir das Herze mein
Erquicken und erfreuen,
Daß ich mit Lust im grünen Gras
Mag springen an den Reigen.

Da lacht die Allerliebste mein,
Wollt' Gott, ich sollt' heut bei ihr sein

In Züchten und in Ehren!
Das wär' mein's Herzens größte Freud,
Darauf darf ich wohl schwören.

Demselben wackren Mägdelein
Schickt' neulich ich ein Kränzelein
Mit rothem Gold bewunden,
Dabei sie mein gedenken soll
Zu hunderttausend Stunden.

Ich ritt durch einen grünen Wald,
Da sangen die Vöglein wohlgestalt,
Frau Nachtigall mit ihnen;
Nun singt, ihr klein'n Waldvögelein,
Um meines Buhlen willen.

Spinnerin.

Es sang vor langen Jahren
Wohl auch die Nachtigall,
Das war wohl süßer Schall,
Da wir zusammen waren.

Ich sing und kann nicht weinen,
Und spinne so allein
Den Faden klar und rein,
So lang der Mond wird scheinen.

Da wir zusammen waren,
Da sang die Nachtigall,
Nun mahnet mich ihr Schall,
Daß du von mir gefahren.

Seit du von mir gefahren,
Singt stets die Nachtigall,
Ich denk bei ihrem Schall,
Wie wir zusammen waren.

So oft der Mond mag scheinen,
Gedenk ich dein allein,
Mein Herz ist klar und rein,
Gott wolle uns vereinen.

Gott wolle uns vereinen,
Hier spinn ich so allein,
Der Mond scheint klar und rein,
Ich sing und möchte weinen!

Sonntag.

So hab ich doch die ganze Woche
Mein feines Liebchen nicht gesehn,
Ich sah es an einem Sonntag
Wohl vor der Thüre stehn:
Das tausendschöne Jungfräulein,
Das tausendschöne Herzelein,
Wollt' Gott, ich wär' heute bei ihr!

So will mir doch die ganze Woche
Das Lachen nicht vergehn,
Ich sah es an einem Sonntag
Wohl in die Kirche gehn:
Das tausendschöne Jungfräulein,
Das tausendschöne Herzelein,
Wollt' Gott, ich wär' heute bei ihr.

Gut' Nacht, mein Schatz.

Gut' Nacht, gut' Nacht, mein allerliebster Schatz,
Gut' Nacht, schlaf' wohl, mein Kind!
Daß dich die Englein hüten all,
Die in dem schönen Himmel sind;
Gut' Nacht, gut' Nacht, mein lieber Schatz,
Schlaf' du von Nachten lind!

Schlaf' wohl, schlaf' wohl und träum' von mir,
Träum' von mir heute Nacht,
Daß, wenn ich auch da schlafen thu',
Mein Herz um dich doch wacht,

Daß es in lauter Liebesglut
An dich derzeit gedacht!
Es singt im Busch die Nachtigall
Im klaren Mondenschein,

Der Mond scheint in das Fenster dir,
Guckt in dein Kämmerlein,
Der Mond schaut dich im Schlummer da,
Doch ich muß zieh'n allein!

Abreise.

So hab' ich denn die Stadt verlassen,
Wo ich gelebet lange Zeit;
Ich ziehe rüstig meine Straßen,
Es giebt mir Niemand das Geleit.

Man hat mir nicht den Rock zerrissen,
Es wär' auch Schade für das Kleid!
Noch in die Wange mich gebissen
Vor übergroßem Herzeleid!

Auch Keinem hat's den Schlaf vertrieben,
Daß ich am Morgen weiter geh'.
Sie konnten's halten nach Belieben!
Von Einer aber thut mir's weh!

Ihr verblühet —

Ihr verblühet, süße Rosen
Meine Liebe trug euch nicht;
Blühet ach! dem Hoffnungslosen,
Dem der Gram die Seele bricht.

Schöne Minka.

Schöne Minka, ich muß scheiden!
Ach, du fühlest nicht das Leiden,
Fern auf freudelosen Haiden,
Fern zu sein von dir!

Finster wird der Tag mir scheinen;
Einsam werd' ich geh'n und weinen;
Auf den Bergen, in den Hainen
Ruf' ich, Minka, dir!

Nie werd' ich von dir mich wenden!
Mit den Lippen, mit den Händen
Werd' ich Grüße zu dir senden
Von entfernten Höh'n!

Mancher Mond wird noch vergehen,
Ehe wir uns wiedersehen;
Ach, vernimm mein letztes Flehen:
Bleib' mir treu und schön!"

„Du, mein Olis, mich verlassen?
Meine Wange wird erblassen,
Alle Freuden werd' ich hassen,
Die sich freundlich nahn!

Ach, den Nächten und den Tagen
Werd' ich meinen Kummer klagen;
Alle Lüfte werd' ich fragen,
Ob sie Olis sahn!

Tief verstummen meine Lieder,
Meine Augen schlag' ich nieder,
Aber seh' ich dich einst wieder,
Dann wird's anders sein!

Ob auch all' die frischen Farben
Deiner Jugendblüthe starben:
Ja mit Wunden und mit Narben,
Bist du, Süßer, mein!"

Wenn i komm, wenn i komm.

Muß i denn, muß i denn zum Städtele naus,
Und du mein Schatz bleibst hier?
Wenn i komm, wenn i komm, wenn i wiederum komm,
Kehr i ein, mein Schatz, bei dir.

Kann i gleich nit alleweil bei dir sein,
Han i doch ein Freud an dir.
Wenn i komm, wenn i komm, wenn i wiederum komm,
Kehr i ein, mein Schatz, bei dir.

Wie du weinst, wie du weinst, daß i wandern muß,
Wie wenn d' Lieb jetzt wär vorbei;
Sind au draus, sind au draus der Mädele viel,
Lieber Schatz, i bleib dir treu.

Denk du nit, wenn i en Andere seh,
No sei mein Lieb vorbei.
Sind au draus, sind au draus der Mädele viel,
Lieber Schatz, i bleib dir treu.

Uebers Jahr, übers Jahr, wenn mer Träubele schneidt,
Stell i mi wiederum ein.
Bin i dann, bin i dann dis Schätzele noch,
So soll die Hochzeit sein.

Uebers Jahr, da ist mein Zeit vorbei,
Da gehör i mein und dein;
Bin i dann, bin i dann dis Schätzele noch,
So soll die Hochzeit sein.

Mädchens Klage.

Den lieben langen Tag
Hab' i nur Schmerz und Plag',
Und sollt' am Abend doch nit weine?
Wann i am Fenster steh'
So in die Nacht h'nei seh',
So ganz alleine, da muß i weine.

Denn ach! mei Lieb is todt,
Dort ob'n beim lieben Gott!
Der war mit Herz und Seele meine!
I seh' ihn nimmer mehr,
Das drückt mi gar zu sehr,
Und i muß weine, bin i alleine.

Ach Gott! er hat mer's g'sagt,
Wann i ihn oft so plagt,
„Du wirst e' mal um mi noch weine!
Wann i fortzogen bin
Ganz weit in's Ausland hin,
Dann, liebe Kleine, dann wirst du weine!“

Ach, du mei guter Gott!
'S wär besser doch als todt,
I' wollt' gewiß dann gar nit weine, —
Wann er nur wiederkäm',
In seinen Arm mi nähm'
Und sagt': „Bist meine, du liebe Kleine!“

Jetzt kommt er nimmermehr,
Mir wird mei Herz so schwer,
Und Abends muß i immer weine;
Wann d' Stern spazieren gehn,
Glaub' i sein Aug' zu sehn,
Und bin alleine, — da muß i weine!

Abschied.

Mädchen, reich mir deine Hand
Zum Beschluß und Unterpfand!
Zum Beschluß einen Kuß!
Weil ich von dir scheiden muß.

Scheiden ist ein hartes Wort.
Du bleibst hier, und ich muß fort,
Du bleibst hier, und ich muß fort —
Scheiden ist ein hartes Wort.

Wenn wir uns nicht wiedersehn,
Bleibt doch unsre Liebe stehn.
Liebst du mich, so lieb ich dich;
Nimmermehr vergeß' ich dich.

Wanderschaft.

Mein Schatz ist auf die Wanderschaft hin,
Ich weiß aber nicht was ich so traurig bin,

Vielleicht ist er todt und liegt in guter Ruh,
Drum bring' ich meine Zeit so traurig zu.

Als ich mit meinem Schatz in die
Kirche wollt gehn,
Viel falsche falsche Zungen unter
der Thüre stehn,

Die Eine red't dies, die Andere
red't das,
Das macht mir gar oft die
Aeuglein naß.

Die Disteln und die Dornen die
stechen allzusehr,
Die falschen falschen Zungen aber
noch mehr;

Kein Feuer auf Erden auch brennet
so heiß,
Als heimliche Liebe, die Niemand
nicht weiß.

Ach herzliebster Schatz, ich bitte noch eins,
Du wollest auch bei meinem Begräbniß sein,
Bei meinem Begräbniß in's kühle Grab,
Dieweil ich dich so treulich geliebet hab'.

Da unten im Thale.

Da unten im Thale
Läuft's Wasser so trüb,
Und ich kann dir's net sagen,
Ich hab' dich so lieb!

Sprichst allweil von Lieb',
Und sprichst allweil von Treu,
Und e bissele Falschheit
Is auch wohl dabei.

Für die Zeit, wo d' mich g'liebt hast,
Da dank' ich dir schön,
Und ich wünsch', daß dir's anderswo
Besser mag gehn!

Wie Gott will.

Schönster Schatz, mein Augentrost,
Hast meiner schon vergessen?
Du hast mir all' mein' Treu' versagt,
Hast mir mein Herz so schwer gemacht,
Hast gänzlich mich verlassen.

Des Morgens, wenn ich früh aufsteh',
Die Sonn' geht auf mit Strahlen,
Seh' ich mein Schatz schneeweiß gekleidt,
So hüpft mein Herz vor lauter Freud',
Vor lauter Lieb und Freude!

Des Abends, wenn ich schlafen geh',
Denk' ich an jene Stunde,
Denk' ich an mein' Herzliebste mein,
Wo wird mein Schatz, mein Engel sein,
Den ich so treulich liebte?

Die Leut' sind schlimm, sie reden viel,
Das wirst du selber wissen;
Und wenn ein Herz das eine liebt,
Das andre nun kein' Falschheit übt,
So thut's die Leut' verdrießen.

Ich hab ein' Ring, der ist von Gold,
Darinnen steht dein Name,
Und wenn's von Gott verordnet ist,
So kommen wir zusammen.

Müllers Abschied.

Da droben auf jenem Berge
Da steht ein goldnes Haus,
Da schauen alle Frühmorgen
Drei schöne Jungfrauen heraus.

Die eine die heißet Susanne,
Die andre Anne-Marei,
Die dritte darf ich nicht nennen,
Die soll mein eigen ja sein.

Da unten in jenem Thale
Da treibet ein Wasser das Rad,
Das treibet nichts als Liebe
Von Morgen bis Abend spat.

Das Mühlrad ist zerbrochen,
Die Liebe die hat ein End';
Und wenn sich zwei Herzlieb thun scheiden,
So reichen sie einander die Händ'.

Scheiden, ach, ach!
Wer doch das Scheiden erdacht haben mag,
Der hat mein jung frisch Herze
So frühzeitig traurig gemacht.

Der Gärtner.

Wohin ich geh' und schaue,
In Feld und Wald und Thal,
Vom Berg hinab in die Aue:
Viel schöne, hohe Fraue,
Grüß' ich dich tausendmal.

In meinem Garten find' ich
Viel Blumen schön und fein,
Viel Kränze daraus wind' ich,
Und tausend Gedanken bind' ich
Und Grüße mit darein.

Ihr darf ich keinen reichen,
Sie ist so hoch und schön.
Die müssen alle verbleichen,
Die Liebe nur ohne Gleichen,
Bleibt fest im Herzen stehn.

Ich schein' wohl guter Dinge
Und schaffe auf und ab,
Und ob das Herz zerspringe,
Ich grabe fort und singe
Und grab' mir bald mein Grab.

Wo ein treues Herze —

Wo ein treues Herze in Liebe vergeht,
Da welken die Lilien auf jedem Beet,
Da halten die Englein die Augen sich zu
Und schluchzen und singen die Seele zur Ruh'.

Das versunkene Schifflein.

Es segelt dort im Winde
Ein Schifflein auf dem Meer,
Mit einem schönen Kinde,
Weiß nicht wohin, woher!

Das Schifflein ist versunken,
Die Wellen schlagen hoch:
Bist du, schön Schatz, ertrunken?
Ihr Wellen, sagt mir's doch!

Die Sonn' ist untergangen,
Das Schifflein ist dahin!
Und soll ich nicht erlangen,
Was mir es liegt im Sinn:

Soll ich dich nimmer sehen,
Ja nimmer auf der Erd'?
So will ich weiter gehen,
Bis Gott mir was beschеert.

So will ich in dem Grunde
Aufsuchen einen Ort;
Im tiefsten Meeresschlunde
Find' ich mein Schätzlein dort.

Rückkehr.

Das ist gewiß die größte Noth,
Wer aus der Fremde kommt nach Haus
Und findet seine Liebste todt;
Da gehn ihm alle Freuden aus.

Es war an einem Sonntag früh,
Da kam ich in die Stadt hinein;
Ich dachte nur allein an sie,
Wir wollten nun recht glücklich sein!

Und an der Kirche zog ich hin,
Wo ich das erste Mal sie sah;
Ich hörte Orgelklang darin,
Wie schlug so froh mein Herze da!

Hier, dacht' ich, wirst du sie nun sehn,
Wie sie für dich zum Heiland fleht;
Ich wollt' auch ganz von ferne stehn,
Um nicht zu stören ihr Gebet.

Und wie ich in die Kirche kam,
Ward plötzlich mir so angst und bang,
Ein jedes Aug' in Thränen schwamm,
Sie sangen einen Grabgesang.

Und wie ich kam zum Hochaltar, —
Da sah ich, ach, du lieber Gott!
Den Rosenkranz im blonden Haar,
Die Liebste kalt und blaß und todt!

Wie mir da ward, ich weiß es nicht,
Solch Schmerz ist wirklich auch zu groß;
Und daß er nicht das Herz zerbricht,
Ist wohl das allerschlimmste Loos.

Das waren schwere sieben Jahr',
Seit ich von meiner Liebsten schied;
Nun liegt sie auf der Todtenbahr' —
Das ist das End' von solchem Lied.

Weder Glück noch Stern.

Es fiel ein Reif in der Frühlingsnacht,
Er fiel auf die zarten Blaublümelein;
Sie sind verwelket, verdorret!

Es hatte ein Knab' ein Mägdlein lieb,
Sie flohen gar heimlich von Hause fort,
Es wußt's weder Vater noch Mutter.

Sie sind gewandert hin und her,
Sie hatten weder Glück noch Stern,
Sie sind verdorben, gestorben!

Auf ihrem Grab blau Blümlein blüh'n,
Umschlingen sich, wie sie im Grab,
Der Reif sie nicht welket, nicht dörret.

Epitaphium.

Schreib' du an jenem Orte
Mit eigner Hand die Worte:
„Die ewig ich liebe, sie ruhet allhier."

Treu' hab' ich ihr geschworen,
Und hab' ich sie verloren;
So sei nun auch der Tod mein einziger Trost!

Und sollten meine Füße
Dein'n Grabstein betreten;
So schicke nur einen einzigen
Seufzer zu mir!

Denk' meiner in der Stille,
Die in des Grabes Hülle.
Uns eint auch der Tod, mein
einziger Trost!

Streu' du das Grab mit Blumen,
Gedenk' an jene Stunde,
Mit Rosen und Veilchen, Vergiß mein nicht!

Das zerbrochene Ringlein.

In einem kühlen Grunde,
Da geht ein Mühlenrad,
Mein Liebchen ist verschwunden,
Das dort gewohnet hat.

Sie hat mir Treu' versprochen,
Gab mir ein'n Ring dabei:
Sie hat die Treu' gebrochen,
Das Ringlein sprang entzwei.

Ich möcht' als Spielmann reisen
Weit in die Welt hinaus,
Und singen meine Weisen,
Und gehn von Haus zu Haus.

Ich möcht' als Reiter fliegen,
Wol in die blut'ge Schlacht,
Um stille Feuer liegen
Im Feld bei dunkler Nacht.

Hör' ich das Mühlrad gehen,
Ich weiß nicht, was ich will,
Ich möcht' am liebsten sterben,
Da wär's auf einmal still.

Ich hab' die Nacht geträumet.

Ich hab' die Nacht geträumet
Wohl einen schweren Traum,
Es wuchs in meinem Garten
Ein Rosmarienbaum.

Ein Kirchhof war der Garten,
Ein Blumenbeet das Grab,
Und von den schönen Bäumen
Fiel Kron' und Blüthe ab.

Die Blüthe thät' ich sammeln
In einen gold'nen Krug,
Der fiel mir aus den Händen,
Daß er in Stücken schlug.

Draus sah ich Perlen rinnen,
Und Tröpflein rosenroth:
Was mag der Traum bedeuten,
Ach Liebster, bist du todt?

Gute Ruhe.

Im Arm der Liebe ruht sich's wohl,
Wohl auch im Schooß der Erde.
Ob's hier noch oder dort sein soll,
Wo Ruh' ich finden werde,
Das forscht mein Geist, und sinnt, und denkt,
Und fleht zur Vorsicht, die sie schenkt.

Im Arm der Liebe ruht sich's wohl,
Wenn mich, der Welt entrücket,
Elisens Blick, so seelenvoll,
Elisens Kuß beglücket;
Dann schwinden vor dem trunknen Sinn
Des Lebens Sorgen alle hin.

Im Schooß der Erde ruht sich's wohl,
So still und ungestöret!
Hier ist das Herz oft kummervoll,
Dort wird's durch nichts beschweret.
Man schläft so sanft, schläft sich so süß
Hinüber in das Paradies.

Ach, wo ich wohl noch ruhen soll
Von jeglicher Beschwerde?
Im Arm der Liebe ruht sich's wohl,
Wohl auch im Schooß der Erde.
Bald muß ich ruhen; wo es sei,
Das ist dem Müden einerlei.

Scheiden.

„Warum bist du denn so traurig?
Ich bin aller Freuden voll.
Meinst, ich sollte dich verlassen?
Du gefällst mir gar so wohl!“

Morgen muß ich von dir reisen,
Abschied nehmen mit Gewalt,
Kommst mir zwar aus meinen Augen,
Aber nicht aus meinem Sinn.“

Saßen da zwei Turteltauben,
Saßen wohl auf grünem Ast:
Wo sich zwei Verliebte scheiden,
Da wächst nicht mehr Laub und Gras.

„Laub und Gras das mag verwelken,
Aber treue Liebe nicht;
Kommst mir wohl aus meinen Augen,
Doch aus meinem Herzen nicht!“

Heimliche Liebe.

Kein Feuer, keine Kohle brennet so heiß,
Als heimliche Liebe, von der Niemand nichts weiß.

Keine Rose, keine Nelke kann blühen so schön,
Als wenn zwei verliebte Seelen bei einander thun stehn.

Setze du mir einen Spiegel in's Herze hinein,
Damit du kannst sehen, wie so treu ich es mein'.

Kleine Blumen.

Kleine Blumen, kleine Blätter
Streuen mir mit leichter Hand
Gute junge Frühlings-Götter
Tändelnd auf ein luftig Band.

Zephyr, nimm's auf deine Flügel,
Schling's um meiner Liebsten Kleid;
Und so tritt sie vor den Spiegel
All in ihrer Munterkeit.

Sieht mit Rosen sich umgeben,
Selbst wie eine Rose jung,
Einen Blick, geliebtes Leben,
Und ich bin belohnt genung.

Fühle, was dies Herz empfindet,
Reiche frei mir deine Hand,
Und das Band, das uns verbindet,
Sei kein schwaches Rosenband.

Amor's Reise.

Ich ging einmal spazieren
Mit einem schönen Mädchen.
Sie ging mit mir in Garten,
Da pflückt' sie mir Muscaten.
Sie sagt', sie wär' aus Sachsen,
Wo schöne Mädchen wachsen.

Sie sagt', sie wär' aus Flandern;
Liebt Einen um den Andern.
Sie sagt', sie wär' aus Hessen,
Ich sollt' sie nicht vergessen.

Sie sagt', sie wär' aus Polen,
Sie meint', ich sollt' sie holen.
Sie sagt', sie wär' aus Franken:
Ich will mich schön bedanken.

Heimliche Liebe.

Wer lieben will,
Der liebe beständig
Und red' nicht viel,
Denn's Lieben allein,
Verschwiegen muß sein,
Sonst bringt's dem Herzen
Schmerzen
Und Pein.

Ich lieb' was in der Welt,
Der Eine liebt das Geld,
Ich aber thu' die lieben,
Die meinem Herzen gefällt.

Ich lieb' ein schön Gesicht,
Sag's keinem Menschen nicht,
Und thu' sie lieben,
Bis mir das Herz zerbricht.

Der Abschied im Korbe.

So fahr' nur hin, du Stolze!
Was hab' ich dir gethan,
Daß du an mir vorbeigehst
Und schaust mich gar nicht an?

Du schlägst ja deine Augen
Vor meinen zu der Erd',
Als wenn ich deines Gleichen
Niemals gewesen wär'.

Wärst du nicht hergekommen,
Hätt' nicht geschickt nach dir,
Es giebt noch andre Frommen,
Die wohl gefallen mir.

Reich und schön, das bist du nicht,
Das weißt du selber wohl,
Ja wahrlich deines Gleichen
Bekommt man überall.

Der Abschied ist geschrieben,
Das Körblein ist gemacht,
Wärst du mir treu geblieben,
Ich hätt' nicht falsch gedacht.

So nimm das Körblein in die Hand
Und leg' den Abschied bei:
Hinfüro sei geschieden
Aus falscher Lieb' und Treu'.

Mein Trautel.

Mein Trautel hält mich für und für
In festen Liebesbanden;
Bin immer um und neben ihr,
Sie läßt mich nicht abhanden.

Ich darf nicht weiter als das Band,
Woran sie mich gebunden;
Sie gängelt mich an ihrer Hand
Wohl Tag für Tag zwölf Stunden.

Mein Trautel hält mich für und für
In ihrer stillen Klause;
Darf nie zum Tanz als nur mit ihr,
Nie ohne sie zum Schmause.

Und ich bin gar ein guter Mann,
Der sie nur sieht und höret,
Und aus den Augen lesen kann,
Was sie befiehlt und wehret.

Ich, Trautel, bin wohl recht für dich
Und du für mich geboren.
O, Trautel, ohne dich und mich
Sind ich und du verloren. —

Wenn einst des Todes Sense klirrt
Und mähet mich von hinnen,
Ach lieber, lieber Gott! was wird
Mein Trautel doch beginnen?

Mein einiger Schatz —

Mein einiger Schatz, mein Herzens Trost
Nächst Gott in dieser Welt,
Du bist allein die mir gefällt,
Ich hab' dich auserwählt.

Selige Tage.

Das waren mir selige Tage!
Bewimpeltes Schiffchen, o trage
Noch einmal mein Liebchen und mich!
O wieg' uns noch einmal behende
Von hinnen bis an der Welt Ende,
Zur Wiege begehren wir dich!

Wir fuhren und fuhren auf Wellen,
Da sprangen im Wasser die hellen,
Die silbernen Fische herauf.
Wir fuhren und fuhren durch Auen,
Da ließen die Blümchen sich schauen,
Da liefen die Lämmer zu Hauf'.

Wir spielten im treibenden Nachen,
Wir gaben uns Manches zu lachen,
Und hatten des Spieles nicht Rast.
Wir ließen die Hörner erklingen,
Wir alle begannen zu singen,
Und ich hielt mein Liebchen umfaßt.

Das waren mir selige Tage!
Mein liebliches Mädchen! o sage:
„Sie waren so selig auch mir."
Dann such' ich das Schiffchen mir wieder,
Dann setz' ich mich neben dir nieder,
Und schiffe durch's Leben mit dir.

Den Schönen Heil!

Den Schönen Heil! Beim frohen Becherklange,
Sei deren Preis das beste Lied geweiht,
Verkündet laut im feurigsten Gesange
Der Schönen Macht, der jedes Heil gedeiht.

Zur hohen That, zu mächtig kühnem Streben,
Erwecken sie den Keim in uns'rer Brust.
Das Weib allein verklärt des Mannes Leben,
Der Erde Leid in Himmelslust!

Der Jungfrau Heil! Das Band der keuschen Liebe
Umschlinget kaum des Jünglings tobend Herz,
Da schweigt der Sturm zerstörend wilder Triebe,
Das Auge weint der milden Sehnsucht Schmerz.

O schöner Tag! wenn Myrthe dann und Rosen
Im Brautgewand umblüh'n den zarten Leib:
Der höchste Preis von allen Erdenloosen,
Es ist das Weib! ein liebend Weib!

Der Gattin Heil! Mag uns im Weltgewühle
Die heit're Stirn umdrän'n der Sorge Nacht;
Wie scheuchet dann, voll zärtlichem Gefühle,
Ein treues Herz des Unmuths düstre Macht.

Beglückt der Mann! den nach des Tags Beschwerde
Mit Liebesblick umfängt ein trautes Weib:
Das schönste Gut auf Gottes schöner Erde,
Es ist das Weib! ein liebend Weib!

Den Frauen Heil! Nur ihren treuen Händen
Entsprießet rings das reinste Lebensglück;
Die Lieb' allein kann Himmelslust hier spenden,
Vor dieser Macht weicht jedes Leid zurück.

So tönt ihr Preis beim frohen Becherschalle:
Wen holder Liebe goldig Netz umzog,
Der juble laut: die holden Schönen alle,
Sie leben hoch! ja, dreimal hoch!

Von allen schönen Kindern.

Von allen schönen Kindern in der Welt,
Mir eines doch am besten wohlgefällt,
Es hat ein roth Mündlein und dunkelbraun's Haar,
Drum will ich es auch lieben ganz und gar.

Zwei Grübchen in den Wangen, ein Grübchen im Kinn,
Darin ist mir gefangen mein leichter Sinn;
Ein Grübchen auf dem Herzen, da muß ich noch hinein,
Wenn ich doch ohne Gnade gefangen muß sein.

Die Jugend, die Jugend, die schöne Rosenzeit,
Die Wege, die Stege sind mit Blumen bestreut,
Der Himmel steht offen, man schaut die Engelein,
O könnt' ich doch, Herzliebchen, stets bei dir sein!

Der Rattenfänger.

Ich bin der wohlbekannte Sänger,
Der vielgereiste Rattenfänger,
Den diese weltberühmte Stadt
Gewiß besonders nöthig hat;

Und wären's Ratten noch so viele,
Und wären Wiesel mit im Spiele,
Von allen säubr' ich diesen Ort,
Sie müssen mit einander fort.

Und wären Knaben noch so trutzig,
Und wären Mädchen noch so stutzig,
In meine Saiten greif' ich ein,
Sie müssen alle hinterdrein.

Dann ist der gutgelaunte Sänger
Mitunter auch ein Kinderfänger,
Der selbst die wildesten bezwingt,
Wenn er die goldnen Märchen singt.

Dann ist der vielgewandte Sänger
Gelegentlich ein Mädchenfänger;
In keinem Städtchen langt er an,
Wo er's nicht mancher angethan.

Und wären Mädchen noch so blöde,
Und wären Weiber noch so spröde;
Doch allen wird so liebebang
Bei Zaubersaiten und Gesang.

Liebe sei vor —

Liebe sei vor allen Dingen
Unser Thema, wenn wir singen,
Kann sie gar das Lied durchdringen,
Wird's um desto besser klingen.

Der Verblüffte.

Sie ging zum Sonntagstanze,
Schön klang Musikgetön',
Und sie im grünen Kranze,
Sie war so wunderschön.

Heut', dacht' ich, mußt du's wagen,
Du kannst ja mit ihr gehn,
Ihr dieß und jenes sagen,
Und ihr dein Herz gesteh'n.

Ich lief ihr nach, sie eilte
Dahin am Lerchenhain,
Und wo der Weg sich theilte,
Da holt' ich sie erst ein.

Sie fragte, was ich wollte,
Und ach! ich wußte nicht
Was ich ihr sagen sollte;
Mir brannte das Gesicht.

Und wißt ihr, was ich sagte?
Mir war nicht wohl dabei;
Ich sagte nichts und fragte,
Ob heute Sonntag sei.

Die böse Hirtin machte
Ein Stirnchen ernst und kraus;
Sie sah mich an und lachte
Den blöden Schäfer aus.

Wenn dies mit mir so bliebe,
Ich würd' am Ende stumm.
Ach, glaubt es nur, die Liebe
Die macht den Menschen dumm.

Wenn du bei mei'm Schätzel kommst.

Wenn du bei mei'm Schätzel kommst,
Sag', ich ließ sie grüßen.
Wenn sie fraget, wie mir's geht,
Sag' auf beiden Füßen.

Wenn sie fraget, ob ich krank,
Sag', ich sei gestorben.
Wenn sie an zu weinen fangt,
Sag', ich käme morgen.

Ich saß und spann.

Ich saß und spann vor meiner Thür,
Da kam ein junger Mann gegangen;
Sein blaues Auge lachte mir,
Und röther glühten meine Wangen.
Ich sah' vom Rocken auf und spann,
Und saß verschämt, und spann und spann.

Gar freundlich bot er guten Tag,
Und trat mit holder Scheu mir näher.
Mir ward so angst, der Faden brach;
Das Herz im Busen schlug mir höher;
Betroffen knüpft' ich wieder an,
Und saß verschämt, und spann und spann.

Er lehnt' an meinen Stuhl den Arm
Und rühmte sehr das feine Fädchen.
Sein naher Mund, so roth und warm,
Wie zärtlich haucht' er: Süßes Mädchen!
Wie blickte mich sein Auge an!
Ich saß verschämt, und spann und spann!

Liebkosend drückt' er mir die Hand,
Und schwur, daß keine Hand ihr gleiche!
Die schönste nicht im ganzen Land
An Lieblichkeit und Rund und Weiche.
Wie sehr dies Lob mein Herz gewann:
Ich saß verschämt, und spann und spann.

Indeß an meine Wange her
Sein schönes Angesicht sich bückte,
Begegnet' ihm von Ungefähr
Mein Haupt, das sanft im Spinnen nickte;
Da küßte mich der schöne Mann:
Ich saß verschämt, und spann und spann!

Mit großem Ernst verwies ich's ihm,
Doch ward er kühner stets und freier,
Umarmte mich mit Ungestüm,
Und küßte mich so roth wie Feuer:
O sagt mir, Schwestern! sagt mir an:
War's möglich, daß ich weiter spann?

Kommt ein schlanker Bursch.

Kommt ein schlanker Bursch gegangen,
Blond von Locken oder braun,
Hell' von Aug' und roth von Wangen,
Ei, nach dem kann man wohl schau'n.

Zwar schlägt man das Aug' auf's Mieder,
Nach verschämter Mädchenart;
Doch verstohlen hebt man's wieder,
Wenn's das Herrchen nicht gewahrt.

Sollten ja sich Blicke finden,
Nun, was hat's denn da für Noth?
Man wird drum nicht gleich erblinden,
Wird man gleich ein wenig roth.

Blicke hin und Blick herüber,
Bis der Mund sich auch was traut!
Er seufzt: Schönste! sie spricht: Lieber!
Bald heißt's Bräutigam und Braut.

Immer näher, liebe Leutchen!
Wollt ihr mich im Kranze seh'n?
Gelt, das ist ein nettes Bräutchen,
Und der Bursch nicht minder schön.

Zerwürfniß.

Was hab' ich meinem Schätzchen zu Leide gethan?
Sie geht an mir vorüber und schaut mich nicht an.
Sie schlägt die Augen wohl unter sich,
Sie hat einen Andern viel lieber als mich.

Das hat wohl ihr Stolz und ihr Hochmuth gethan,
Dieweil ich ihr nicht reich und nicht schön genug war,
Ei bin ich nicht reich, so bin ich doch fromm:
Verachte mich nicht, ich bitte dich drum.

Jetzt will ich mein Herzchen nicht länger mehr quälen.
Und will mir ein andres schön Schätzchen erwählen.

Wohl aus den Augen, wohl aus dem Sinn:
Du närrisches Mädchen, fahr' immer nur hin.

Fahr' immer nur hin, ich halte dich nicht,
Ich hab' meine Augen auf ein andres gericht't,
Auf ein andres gericht't, auf ein andres gewend't:
Viel besser, wir hätten uns niemals gekennt.

„Ach Junggesellchen, ich rathe dir nicht,
Die Berge sind hoch, die steigest du nicht."
Wie hoch sind die Berge, wie tief ist das Thal,
Jetzt seh' ich mein Mädchen zum allerletzten Mal.

Und wenn sich der Hase thut fangen den Hund,
Und wenn ein Ducate wiegt siebenzig Pfund,
Und wenn ein Mühlstein schwimmt über den Rhein,
So sollst du auch wieder mein Schätzchen sein.

Hindernisse.

Als ich vor die Hausthür kam,
Krähte mich das Hähnchen an;
Hähnchen, laß dein Krähen sein,
Ich will zu meinem Schätzchen 'nein.

Als ich auf die Treppe kam,
Bellte mich das Hündchen an;
Hündchen, laß dein Bellen sein,
Ich will zu meinem Schätzchen 'nein.

Als ich vor die Stube kam,
Mante mich das Kätzchen an;
Kätzchen, laß dein Manen sein,
Ich will zu meinem Schätzchen 'nein.

Als ich in die Stube kam,
Knurrte mich der Schwiegervater an;
Schwiegervater, laß das Knurren sein,
Ich will zu meinem Schätzelein.

Als ich nun zum Schätzchen kam,
Brummte mich auch dieses an:
Schätzchen, laß das Brummen sein;
Mit dir will ich bald fertig sein.

Röslein auf der Haide.

Es sah ein Knab' ein Röslein stehn,
Röslein auf der Haiden,
War so jung und morgenschön,
Lief er schnell, es nah' zu sehn,
Sah's mit vielen Freuden:
Röslein, Röslein, Röslein roth,
Röslein auf der Haiden!

Knabe sprach: ich breche dich,
Röslein auf der Haiden!
Röslein sprach: ich steche dich,
Daß du ewig denkst an mich,
Und ich will's nicht leiden.
Röslein, Röslein, Röslein roth,
Röslein auf der Haiden.

Und der wilde Knabe brach
's Röslein auf der Haiden;
Röslein wehrte sich und stach,
Half ihm doch kein Weh und Ach,
Mußt' es eben leiden.
Röslein, Röslein, Röslein roth,
Röslein auf der Haiden.

Wie kommt's, daß du —

Wie kommt's, daß du so traurig bist,
Und gar nicht einmal lachst?
Ich seh' dir's an den Augen an,
Daß du geweinet hast.

„Und wenn ich auch geweinet hab',
Was geht es dich denn an?
Ich wein', daß du es weißt, um Freud',
Die mir nicht werden kann."

Wenn ich in Freuden leben will,
Geh' ich in grünen Wald,
Vergeht mir all' mein Traurigkeit,
Und leb' wie mir's gefällt.

„Mein Schatz ein wackrer Jäger ist,
Er trägt ein grünes Kleid,
Er hat ein zart roth Mündelein,
Das mir mein Herz erfreut."

Mein Schatz ein holde Schäfrin ist,
Sie trägt ein weißes Kleid,
Sie hat zwei blaue Aeugelein,
Die mir mein Herz erfreu'n.

Wann ich den Hahn gespannet hab',
Flint' stößt mich auf die Brust,
So habe ich doch allezeit
Zur Jägerei noch Lust.

„So bin ich's wohl, so bist du's wohl,
Fein's Lieb, schön's Engelkind,
So ist uns allen beiden wohl,
Da wir beisammen sind."

Willst du nichts vom Freien hören?

Willst du nichts vom Freien hören?
Wünschest dir dafür den Tod?
Laß dich nicht, mein Kind, bethören,
Setz' dich willig nicht in Noth.

Lieben und geliebet werden,
Ist das Beste an der Welt,
Ist, was noch dies Haus der Erden
Frei vor frühem Fall erhält.
Wer nicht lieben will und kann,
Wozu taugt er um und an?

Köstlich reifen deine Gaben,
Und, trügt mich das Auge nicht,
Möchten einen Freier haben;
Was dein Mund dawider spricht,
Deine Anmuth, deine Zier
Suchen einen Bräut'gam dir!

Eins von Beiden.

Schönstes Kind, zu deinen Füßen
Lieg ich hier, wein' bitterlich.
Sollt' ich dich verlassen müssen,
Wär's die größte Pein für mich.

Lieber wollt' den Schluß ich fassen
Und mein junges Leben lassen;
Denn von dir entfernt zu sein,
Wär' für mich die größte Pein.

Gold und Silber, Meerkorallen,
Reichthum, Schätz' und Edelstein
Thun mir nicht so wohl gefallen,
Als du, Schönste, nur allein.

Die Leute reden was sie wollen,
Du allein hast sein es sollen,
Nichts nimmt mir das Herz so ein,
Als du, Schönste, nur allein.

Nachts, wenn ich, die Ruh' zu wählen,
In mein Schlafgemach geh' ein,
Thut sich mir im Traum fürstellen
Dein geliebtes Konterfei:

Wie du redest, wie du lachest,
Eine süße Miene machest;
Ich stell' mir im Traume für,
Wie du, Schönste, wärst bei mir.

Alles, was ich red' und denke,
Alles, alles ist von dir;
Wo ich nur mein Aug' hinlenke,
Stellt sich mir dein Bildniß für.

Ach, kein Künstler ist auf Erden,
Wird auch nicht erfunden werden,
Der dich, Schönste, malet ab,
Wie ich dich im Herzen hab'.

Schönster Schatz, sag', soll ich leben,
Sag' zuvor, du liebest mich,
Oder willst mir Abschied geben?
Dieses Wort entsetzet mich.

Lieben mußt du, oder hassen,
Eins von Beiden mußt du lassen;
Schönster Schatz, ich stell dir's frei:
Haff' mich, oder bleib mir treu!

Neue Liebe, neues Leben.

Herz, mein Herz, was soll das geben?
Was bedränget dich so sehr?
Welch' ein fremdes neues Leben?
Ich erkenne dich nicht mehr.

Weg ist Alles, was du liebtest,
Weg warum du dich betrübtest,
Weg dein Fleiß und deine Ruh'.
Ach, wie kamst du nur dazu?

Fesselt dich die Jugendblüthe,
Diese liebliche Gestalt,
Dieser Blick voll Treu' und Güte
Mit unendlicher Gewalt?

Will ich rasch mich ihr entziehen,
Mich ermannen, ihr entfliehen,
Führet mich im Augenblick
Ach, mein Weg zu ihr zurück.

Und an diesem Zauberfädchen,
Das sich nicht zerreißen läßt,
Hält das liebe, lose Mädchen
Mich so wider Willen fest;

Muß in ihrem Zauberkreise,
Leben nun auf ihre Weise.
Die Verändrung, ach, wie groß!
Liebe, Liebe, laß mich los!

Die bekehrte Schäferin.

An dem schönsten Frühlingsmorgen
Ging die Schäferin und sang,
Jung und schön und ohne Sorgen,
Daß es in die Seele drang.

Thyrsis bot ihr für ein Mäulchen
Zwei, drei Schäfchen gleich am Ort;
Sie besann sich noch ein Weilchen,
Doch sie sang und lachte fort.

Und ein And'rer bot ihr Bänder,
Und ein Dritter bot sein Herz:
Doch sie trieb mit Herz und Bändern,
So wie mit den Lämmern Scherz.

Bei dem Glanz der Abendröthe
Ging sie still den Wald entlang.
Damon saß und blies die Flöte,
Daß es durch die Seele drang.

Er zog sie, ach, zu sich nieder,
Küßte sie so hold, so süß —
Und sie sagte: Blase wieder!
Und der gute Junge blies.

Meine Ruh' ist nun verloren,
Meine Freuden sind entfloh'n,
Und ich hör' vor meinen Ohren
Immer nur den süßen Ton.

Knabe und Veilchen.

Blühe, liebes Veilchen,
Das so lieblich roch,
Blühe noch ein Weilchen,
Werde schöner noch.

Weißt du, was ich denke,
Liebchen zum Geschenke
Pflück' ich, Veilchen, dich,
Veilchen, freue dich.

Brich mich stilles Veilchen,
Bin die Liebste dein.
Und in einem Weilchen
Werd' ich schöner sein!

Weißt du, was ich denke,
Wenn ich duftend schwenke
Meinen Duft um dich:
Knabe, liebe mich!

Seligkeit der Liebe.

Beglückt, beglückt wer die Geliebte findet,
Die seinen Jugendtraum begrüßt,
Wenn Arm in Arm und Geist um Geist sich windet,
Und Seel' in Seele sich ergießt.

Die Liebe macht zum Goldpalast die Hütte,
Streut auf die Wildniß Tanz und Spiel,
Enthüllet uns der Gottheit leise Tritte,
Giebt uns des Himmels Vorgefühl.

Sie macht das Herz der Schwermuth früh-
lingsheiter,
Sie bettet uns auf Rosenau'n,
Und hebet uns auf eine Himmelsleiter,
Wo wir den Glanz der Gottheit schaun.

Sie giebt dem Kranz des Morgens hell're
Röthe,
Und lichter Grün dem Schattenwald,
Und süßern Klang der späten Abendflöte,
Die aus des Dorfes Büschen schallt.

Die Liebenden sind schon zu bessern Zonen
Auf Flügeln ihrer Lieb' erhöht;
Empfahen schon des Himmels goldne
Kronen,
Eh' ihr Gewand vom Staub verweht.

Sie kümmern sich um keine Erdengüter,
Sind sich die ganze weite Welt,
Und spotten dein, du stolzer Weltge-
bieter,
Vor dem der Erdkreis niederfällt.

Sanft hingeschmiegt auf seidne Frühlingsrasen,
Auf Blumen eines Quellenrands,
Verlachen sie die bunten Seifenblasen
Des lieben leeren Erdentands.

Ein Druck der Hand, der durch das Leben schüttert,
Und eines Blickes Trunkenheit,
Ein Feuerkuß, der von der Lippe zittert,
Giebt ihnen Engelseligkeit.

Ein Blick der Lieb', aus dem die Seele blicket,
In dem ein Engel sich verklärt,
Ein süßer Blick, den die Geliebte nicket,
Ist tausend dieser Erden werth.

Ein Herzenskuß, den selber Engel neiden,
Küßt ihren Morgenschlummer wach;
Ein Reihetanz von ewig jungen Freuden
Umschlingt den lieben langen Tag.

Ein süßer Schlaf sinkt auf ihr keusches Bette,
Wie er auf Edens Lauben sank!
Kein Endlicher mißt ihrer Freuden Kette,
Wer nicht den Kelch der Liebe trank.

Freudvoll und leidvoll.

Freudvoll
Und leidvoll
Gedankenvoll sein!

Langen
Und Bangen
In schwebender Pein:

Himmelhoch jauchzend,
Zum Tode betrübt:
Glücklich allein
Ist die Seele die liebt.

Liebe weiß Rath.

Ach Elslein, liebstes Elslein mein,
Wie gern wär' ich bei dir!
So sind zwei tiefe Wasser
Zwischen mir und auch dir.

„Willst du dich lass'n abwenden drum,
Weil der Wasser sind zwei?
Da doch so mancher stolzer Knab'
Leidt noch so mancherlei."

Ach Lieb, das schrecket mich allein,
Daß ich nicht fahren kann;
Und wenn dann bräch' das Schiffelein,
Müßt' ich bald untergan.

„Ach nein, das soll geschehen nicht,
Ich selbst helf rudern dir,
Damit du nur in kurzer Zeit,
Herzlieb, herkommst zu mir."

Weil du, mein Lieb, es meinst so gut,
Will ich's gleich wagen frei,
Allein das bitt' ich fleißig dich:
Steh' mir ohn' Falschheit bei!

Pilgerlied.

An welcher Zelle knieet nun
Mein süßer Pilgerknab'?
Ach wo, ach wo, in welchen Sand
Drückt er den Dornenstab?

Wo drückt sein rother Mund ein Kuß
Auf's heilige Gewand,
Und welchen Bruder grüßet er
Mit seiner frommen Hand?

Ihr Engel, singt ihm alle gar,
Wo er im Schlummer ruht,
Den Rosenkranz in seiner Hand,
Die Muschel auf dem Hut!

Ach süßes Aug' so fromm und rein,
So schwarz als Holderbeer!
Ach dürft' ich seine Schwester sein,
So heilig sein wie er.

Fremd ist die Welt mir, weit und breit
Irr' ich ohn' Rast und Ruh';
Klein ist die Welt und mein und mein,
Wenn ich ihn finden thu'.

Das Wunderhorn.

Ein Knab' auf schnellem Roß
Sprengt auf der Kais'rin Schloß,
Das Roß zur Erd' sich neigt,
Der Knab' sich zierlich beugt.

Wie lieblich, artig schön,
Die Frauen sich ansehn,
Ein Horn trug seine Hand,
Daran vier goldne Band.

Gar mancher schöne Stein
Gelegt in's Gold hinein,
Viel Perlen und Rubin
Die Augen auf sich zieh'n.

Das Horn vom Elephant,
So groß man keinen fand,
So schön man keinen fing,
Und oben dran ein Ring.

Wie Silber blinken kann,
Und hundert Glocken dran,
Vom feinsten Gold gemacht,
Aus tiefem Meer gebracht.

Von einer Meerfei Hand
Der Kaiserin gesandt,
Zu ihrer Reinheit Preis,
Dieweil sie schön und weis'.

Der schöne Knab' sagt auch:
„Dieß ist des Horns Gebrauch,
Ein Druck von eurem Finger,
Ein Druck von eurem Finger,

Und diese Glocken all,
Sie geben süßen Schall,
Wie nie ein Harfenklang
Und keiner Frauen Sang.

Kein Vogel obenher,
Die Jungfrau nicht im Meer
Nie so was geben an!“
Fort sprengt der Knab' bergan.

Ließ in der Kais'rin Hand
Das Horn so weltbekannt,
Ein Druck von ihrem Finger,
O süßes hell Geklinge!

Drei Reiter am Thor.

Es ritten drei Reiter zum Thore hinaus, Ade!
Feinsliebchen schaute zum Fenster hinaus. Ade!
Und soll es denn geschieden sein,
So reich mir dein goldenes Ringelein. Ade, Ade, Ade!
Ja Scheiden und Meiden thut weh.

Goldringlein reichen und das thut weh,
Ade!
Wir beide wir scheiden uns nimmermeh,
Ade!

Und der uns scheidet das ist der Tod,
Er scheidet so manches Mündlein roth,
Ade! Ade! Ade!
Ja Scheiden und Meiden thut weh.

Er scheidet so manch Kind aus der Wieg'n, Ade!
Wann werd' ich mein schwarzbraunes Mädel doch krieg'n? Ade!
Und ist es nicht morgen, ach wär' es doch heut,
Es macht uns allbeiden gar große Freud'. Ade, Ade, Ade!
Ja Scheiden und Meiden thut weh!

Stand ich auf hohem Berge.

Ich stand auf hohem Berge,
Sah in den tiefen Rhein,
Ein Schifflein sah ich schweben
Drei Grafen saßen drein.

Der jüngste von den Grafen,
Der in dem Schifflein saß,
Gab mir einmal zu trinken
Guten Wein aus einem Glas.

Was zog er ab vom Finger?
Ein güldenes Ringelein:
„Sieh da, du Liebe, du Feine,
Das soll dein eigen sein!“

„Bist du ein armes Mädchen,
Hast weder Geld noch Gut,
So denk' an unsre Liebe,
Die zwischen uns beiden ruht!“

Was soll ich mit dem Ringelein?
Bin gar ein junges Blut,
Dazu ein armes Mädchen,
Hab' weder Geld noch Gut!

Ich weiß von keiner Liebe,
Weiß auch von keinem Mann,
In's Kloster will ich gehen!
Will werden eine Nonn'!

Des Nachts, wohl um die halbe Nacht,
Da träumt es dem Grafen so schwer,
Wie daß sein herzallerliebster Schatz
In's Kloster gangen wär'.

Steh' auf! steh' auf! lieber Reitknecht mein,
Sattle mir und dir zwei Pferd',
Vor's Kloster wollen wir reiten,
Der Weg ist reitenswerth!

Und als er vor das Kloster kam,
An's Thor, da klopft er an:
„Gebt 'raus die jüngste Nonne,
Die zuletzt ist kommen an!"

Es ist keine angekommen,
Es kommt auch keine 'raus,
„So wollen wir das Kloster anzünden,
Das schöne Nonnenhaus!"

Da kam sie hergeschritten,
Schneeweiß war sie bekleid't:
„Mein Haar ist abgeschnitten,
Leb' wohl in Ewigkeit!"

Der Graf entsetzt sich in der Still'
Und saß auf einem Stein,
In dreimal dreizehn Stunden
Brach ihm sein Herz entzwei.

Mit ihren schneeweißen Händelein
Grub sie dem Grafen ein Grab,
Aus ihren schwarzbraunen Aeugelein
Sie ihm das Weihwasser gab.

Mit ihrer schönen Stimme
Sie die Vigilien sang,
Mit ihrer hellen Zunge
Schlug sie den Glockenklang.

Der Wirthin Töchterlein.

Es zogen drei Burschen wohl über den Rhein,
Bei einer Frau Wirthin da kehrten sie ein.

„Frau Wirthin, hat sie gut Bier und Wein?
Wo hat sie ihr schönes Töchterlein?"

„Mein Bier und Wein ist frisch und klar;
Mein Töchterlein liegt auf der Todtenbahr'."

Und als sie traten zur Kammer hinein,
Da lag sie in einem schwarzen Schrein.

Der erste schlug den Schleier zurück,
Und schaute sie an mit traurigem Blick.

„Ach lebtest du noch, du schöne Maid,
Ich würde dich lieben von dieser Zeit."

Der zweite deckte den Schleier zu,
Und kehrte sich ab, und weinte dazu:

„Ach, daß du liegst auf der Todtenbahr'!
Ich hab' dich geliebet so manches Jahr!"

Der dritte hub ihn wieder sogleich,
Und küßte sie an den Mund so bleich:

„Dich liebt ich immer, dich lieb ich noch heut,
Und werde dich lieben in Ewigkeit."

Zwei Königskinder.

Es waren zwei Königskinder,
Die hatten einander so lieb,
Sie konnten beisammen nicht kommen,
Das Wasser war viel zu tief:

Lieb Herze, kannst du nicht schwimmen,
So schwimm' doch herüber zu mir,
Drei Kerzen will ich aufstecken,
Und die sollen leuchten dir!

Da saß eine falsche Nixe,
Die thät, als wenn sie schlief,
Sie thäte die Kerzen auslöschen,
Der Jüngling ertrank so tief.

Es war am Sonntag-Morgen,
Die Leut' waren alle so froh,
Bis auf die Königstochter,
Die Aeugelein saßen ihr zu:

Ach Mutter, herzliebe Mutter,
Mein Kopf thut mir so weh',
Könnt' ich nicht geh'n spazieren
Wohl an die grüne See?

Ach Tochter, herzliebe Tochter,
Allein sollst du nicht geh'n,
Weck' auf deine jüngste Schwester,
Und die soll mit dir geh'n!

Ach Mutter, herzliebe Mutter,
Meine Schwester ist ein Kind,
Die pflückt ja all die Blümlein,
Die an dem Strande sind!

Ach Tochter, herzliebe Tochter,
Allein sollst du nicht geh'n,
Weck' auf deinen jüngsten Bruder,
Und der soll mit dir geh'n!

Ach Mutter, herzliebe Mutter,
Mein Bruder ist ein Kind,
Der schießt ja all die Vöglein,
Die an dem Strande sind!

Sie schwang sich um ihren Mantel
Und ging wohl an den Strand,
Sie ging, so lang zu suchen,
Bis sie den Fischer fand:

Ach Fischer, herzguter Fischer,
Willst du verdienen Lohn,
So greif' mir aus den Wellen
Einen reichen Königssohn!

Er warf sein Netz in's Wasser,
Die Lothe sanken zu Grund,
Er fischte und fischte so lange,
Der Königssohn wurde sein Fund.

Sie nahm ihn in ihre Arme,
Sie küßt' ihn auf den Mund:
Herzliebster, ach könntest du reden,
So wäre mein Herze gesund!

Was nahm sie von ihrem Haupte?
Eine goldene Königskron':
Sieh da, du armer Fischer,
Hast dein verdientes Lohn!

Was nahm sie von ihrem Finger?
Ein Ringlein von Golde so roth:
Sieh da, du armer Fischer,
Kauf' deinen Kindern Brod!

Sie schwang sich um ihren Mantel
Und sprang wohl in die See:
Ade! mein Vater und Mutter,
Ihr seht mich nimmer meh!

Da hörte man Glocken läuten,
Da hörte man Jammer und Noth,
Da lagen zwei Königskinder,
Die waren allebeide todt.

Das Schloß im See.

Leis auf den Bergwald sinkt die Nacht,
Der See liegt tief im Dunkeln.
Wer nur in der Fischerhütte noch wacht?
Die Flammen des Heerdes funkeln.
Großmütterchen erzählt so lang
In stiller, niederer Stube,
Die Mädchen lauschen zitternd und bang,
Großäugig lauscht der Bube.

Allmählich aber wird's still und stumm,
Es schlafen die Jungen und Alten.
Der Knabe nur wälzt sich um und um,
Er denkt an die Märchengestalten.

Und Mitternacht schlägt unheimlich die Uhr,
Da hebt er sich brennend vom Kissen:
„Jetzt komm' ich der Wahrheit auf die Spur,
Ich will die Wahrheit wissen!"

Er schleicht vor das Haus, er schreitet
zur Flut,
Er löst den Kahn vom Seile,
Er rudert hinaus mit erhitztem Blut
In des Wassers Mitte in Eile.

Fürwahr, jetzt klingt ihm entgegen
ein Chor,
Das ist fern süßes Singen:
Die Harfen und Flöten tönen hervor,
Und Becher und Waffen klingen.

Er beugt sich über des Schiffleins Rand
Und stiert in die schaurigen Tiefen,
Draus klingt es, als ob aus anderem Land
Verworrene Stimmen riefen.

Bei Gott, dort ragt der kristallne Palast,
Hochgieblig sind Thürme und Hallen,
Mit Muschelgärten ist er umfaßt,
Gebüsch' und Blum' sind Korallen!

Der Park und der Hof sind still wie das Grab,
Doch brennt es von Lichtern im Saale,
Die Diener stürmen hinauf und hinab,
Es schwelgen die Wohner beim Mahle:
Dort schimmert's von Früchten, dort perlt es von Wein,
Dort klingt es von rauschenden Liedern,
Dort wirbeln im Tanze die reizenden Reihn,
Mit blühenden Augen und Gliedern.

Dem Knaben ist irr beim bunten Gewirr,
Im Grunde raset es wilder —
O, welch ein bacchantisches, tolles Geschwirr
Verwilderter üppiger Bilder!
Da sieht er ein seliges Mädchengesicht,
Sie winkt ihm mit lachendem Munde.
„Großmütterchen," ruft er, „du logest nicht!" —
Ein Sprung — und er sinket zum Grunde. —

Es kam der Morgen so feucht von den Höh'n,
Es ging durch den Wald ein Geflüster,
Durch's Seeschilf klang unheimlich Getön.
Der Fischer naht angstvoll und düster.
In der Mitte des Sees schwimmt leer der Kahn:
O, furchtbare Ahnung, entweiche!
Er zieht die geworfenen Netze an —
Drin hebt er des Kindes Leiche!

Leis auf den Bergwald sinket die Nacht,
Der See liegt tief im Dunkeln.
Wer nur in der Fischerhütte noch wacht? —
Es ist eines Lichtleins Funkeln. —
Großmütterchen betet den Rosenkranz
In der stillen, niedern Stube,
Auf der Bahre liegt bei der Lampe Glanz
Der todte Fischerbube.

Uebergroße Treue und Herzeleid.

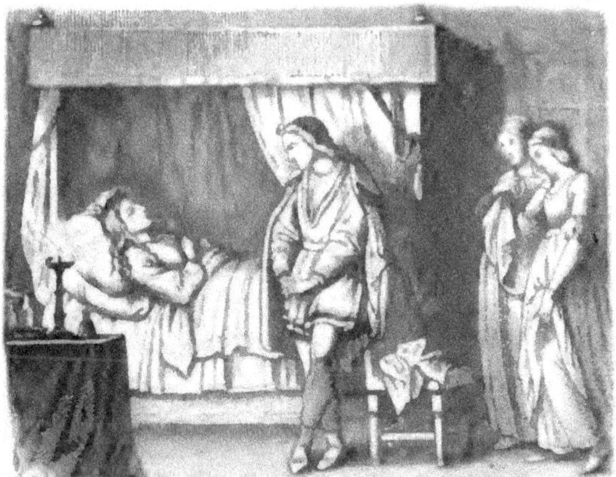

Es war einmal ein feiner Knab',
Der liebt' sein Schätzlein sieben Jahr.

Wohl sieben Jahr und noch viel mehr,
Die Lieb', die nahm kein Ende mehr.

Der Knab', der reist in's fremde Land,
Derweil ward ihm sein Schätzlein krank.

Ja krank, ja krank bis auf den Tod,
Drei Tag und Nacht red't sie kein Wort.

Und als der Knab' die Botschaft hört,
Daß sein Herzliebchen krank da läg':

Verließ er gleich sein Hab und Gut,
Wollt' sehn, was sein Herzliebchen thut.

„Sei du mir willkommen, getreuer Schatz,
Der Tod will jetzt wohnen an deinem
Platz!"

Grüß Gott, grüß Gott, lieb's Schätzelein,
Was machst du hier im Bettelein?

„Dank Gott, dank Gott, mein lieber Knab',
Mit mir wird's heißen bald in's Grab!"

Nicht so, nicht so, mein Schätzelein,
Die Lieb' und Treu' muß länger sein!

Geschwind, geschwind bringt mir ein Licht,
Sonst stirbt mein Schatz, daß es Niemand
sicht.

Was zog er aus seiner Tasche mit Fleiß?
Ein Aepflein, das war roth und weiß.

Er legt es auf ihren weißrothen Mund:
Schöner Schatz, bist krank, werd' wieder gesund!

Er wollt' sie legen in seinen Arm,
Sie war nicht kalt, sie war nicht warm.

Was zog er aus der Taschen sein?
Von Seiden war es ein Tüchelein.

Er trocknet damit seine Augen und Händ':
Ach Gott, wann nimmt mein Trauern ein End'?

Er ließ sich machen ein schwarzes Kleid,
Er trug's wegen seiner Traurigkeit!

Wohl sieben Jahr und noch viel mehr:
Das Trauern nahm kein Ende mehr.

Faramund und Lore.

Es saß auf grüner Haide
Ein Schäfer grau und alt,
Es grasten auf der Weide
Die Schäflein längs dem Wald.

Der Schäfer, krumm und müde,
Stieg bei der Heerde her,
Und wann die Sonne glühte,
Dann war sein Gang so schwer.

Sein Mädchen, jung und schöne,
Sein einzigs Töchterlein,
War vieler Schäfer-Söhne
Ihr einziger Wunsch allein.

Doch einer unter allen,
Der edle Faramund,
Thät ihr allein gefallen
In ihres Herzens Grund.

Es hatte ihn gebissen
Ein fremder Schäferhund,
Sein Fleisch war ihm zerrissen,
Sein Fuß war ihm verwund't.

Sie gingen einmal Beide
Im Walde hin und her,
Eins an des Andern Seite,
Das Herz war Jedem schwer.

Sie kamen nah' zur Haide,
Allwo der Vater saß,
Es trauerten an der Weide
Die Schäflein in dem Gras.

Auf einem grünen Rasen
Stand Faramund starr und fest,
Die bangen Vöglein saßen
Ganz still in ihrem Nest.

Er fiel mit blanken Zähnen
Sein armes Mädchen an,
Sie rief mit tausend Thränen
Ihn um Erbarmen an.

Das bange Seelenzagen
Hört nun der Vater bald,
Des Mädchens Ach! und Klagen
Erschallt im ganzen Wald.

Der Vater, steif und bebend,
Lief langsam stolpernd hin,
Und fand sie kaum noch lebend,
Ihm starrte Muth und Sinn.

Der Jüngling kehrte wieder
Von seiner Raserei,
Und fiel nun sterbend nieder,
Zog Loren's Haupt herbei;

Und unter tausend Küssen
Flog hin das Seelenpaar,
In matten Thränengüssen
Entflohn sie der Gefahr.

Nun wankt in Seelenleiden
Der Vater hin und her,
Ihn fliehen alle Freuden,
Kein Sternlein glänzt ihm mehr.

Heinrich und Kathrine.

Vor Zeiten war in Engelland
Lord Heinrich weltgepriesen:
Kein Ritter, der mehr Heldenthum
Und Freudigkeit bewiesen.

Nach Ruhm hinan ging stets sein Sinn,
Von Liebe nicht verführet;
Das schönste Fräulein hatte nie
Sein männlich Herz gerühret.

Wohin in aller Schönen Kreis
Kathrine trat, trat Wonne,
Blüht' auf, als wie die Rose süß,
Ging auf, als wie die Sonne.

Ob immer war ihr Stand gering,
Gewann doch sie nur Herzen;
Kein Jüngling sahe sie und sank
Nicht schon in Liebesschmerzen.

Doch bald verlor ihr Auge Schein
Und Klarheit. Ihre Wangen
Erblaßten. Ihrem Angesicht
War aller Reiz entgangen.

Sie siechte lang' und nie vertraut'
Sie Jemand ihren Kummer;
In Thränen floß ihr Tag dahin,
Die Nacht in kurzem Schlummer.

Einmal im Traume rief sie laut:
„Ach Heinrich, sieh mich leiden!
O hart Geschick! ich armes Kind
Muß liebeschmachtend scheiden.

Doch ach! — ich armes Mädchen muß,
Muß Wahrheit schon verstecken.
Viel lieber todt zehntausendmal,
Als meine Lieb' entdecken!"

Das hört die treue Wächterin;
Sie eilt zum jungen Helden,
„Ach Herr! nun kann ich dir die Noth
Der kranken Freundin melden.

Ein Traum, ein Traum hat's offenbart,
Was sie so tief betrübet.
Ach! Katharine liegt und stirbt,
Stirbt nun — weil sie — dich liebet."

Das traf des edlen Heinrich's Herz;
Schnell schlug es auf in Flammen!
„Ach armes unglückseligs Kind! —
Doch wer kann mich verdammen?

Wußt' ich, du zu Bescheidene,
Was dir den Tod bereite?
Wohlan ich komm'!" Und wie der Wind
Flog er an ihre Seite.

„Erwach', erwach', Holdselige!
Erwache, meine Schöne!
Ach hätte mir's geahndet je —
Nicht eine, eine Thräne

Hätt'st du verweinet — Heinrich ruft!
Mißtraue nicht, erwarme!
Blick' auf, wach auf vom Tode! Komm
Zurück in meine Arme!"

Da kam die Holdentschlafne noch
Einmal zurück in's Leben,
Hob matt ihr Haupt und lächelt sanft
Und wirft mit Freudebeben

Um ihren Langgeliebten sich
Entzückungsvoll! umfaßte
Den Jüngling. „Liebst du? liebst mich? mich? —
Sank nieder und erblaßte.

Herr Oloff reitet —

Herr Oloff reitet so spät und weit,
Zu laden auf seine Hochzeit Leut';
Da tanzen die Elfen auf grünem Land,
Erlköniges Tochter die reicht ihm die Hand.
Willkommen, Herr Oloff! was eilst du
von hier?
Komm her in die Reihen, und tanze mit mir!

„Ich darf nicht tanzen, ich tanzen nicht mag,
Früh Morgen ist mein Hochzeittag."
„Hör' an, Herr Oloff, tritt tanzen mit mir,
Zwei güldene Sporen schenke ich dir;
Ein Hemde von Seide so weiß und fein,
Meine Mutter bleicht' es im Monden-
schein."

„Ich darf nicht tanzen, nicht tanzen ich mag,
Früh Morgen ist mein Hochzeittag."
„Hör' an, Herr Oloff, tritt tanzen mit mir,
Einen Haufen Goldes schenke ich dir."
„Einen Haufen Goldes nehme ich wohl,
Doch tanzen mit dir ich nicht darf noch soll."

„Und will Herr Oloff nicht tanzen mit mir,
Soll Seuch' und Krankheit folgen dir!“
Sie thut einen Schlag ihm auf sein Herz:
„O weh, wie wird mir vor Angst und Schmerz!“
Da hob sie ihn bleichend wohl auf sein Pferd:
„Reit' hin und grüße dein Bräutlein werth!“

Und als er kam vor des Hauses Thür',
Da stand die harrende Mutter dafür.
„Hör' an, mein Sohn, und sage mir gleich:
Wie ist deine Farbe so blaß und bleich?“
„O Mutter, o Mutter, ich kam in das Reich
Erlkönigs, drum bin ich so blaß und bleich.“

„Hör' an, mein Sohn, so lieb und traut,
Was soll ich sagen deiner Braut?“
„Sagt an, ich sei im Wald zur Stund',
Zu proben da mein Pferd und Hund.“
Da ächzt er, da starb er; als Morgen war,
Kam singend die Braut mit der Hochzeitschaar.

„Du weinest, o Mutter, was fehlet dir?
Wo ist mein Liebster? er ist nicht hier!“
„O Tochter, er ritt in den Wald zur Stund',
Zu proben allda sein Pferd und Hund.“
Drauf hob sie die Decke von Scharlachroth.
Da lag ihr Liebster, war bleich und todt.

Der Zauberring.

Der Mai ist nicht an Blüthen karg,
Schön Lindenzweig!
Der König sitzt an der Liebsten Sarg.
O Abend, o Abend, die müden Arme ruhen!

Er sitzt drei Nacht, er sitzt drei Tag',
Kein Junker ihn da trösten mag.

Er sitzet an den Sarg gebannt
Und küßt die kalte Todtenhand.

Der Bischof hat des Zaubers Acht,
Zu brechen denkt er des Teufels Macht.

Der König sitzet unverwandt,
Er streift den Ring von der Todtenhand.

Er steckt an die Hand den Zauberring,
Der König da von der Leiche ging:

Begrabt die Holde, begrabt sie fein,
Ich muß bei meinem Bischof sein!

O Bischof, du mein Trost, mein Licht,
Du kennst die Flamme im Herzen nicht!

Und ob du dich wend'st und von mir fliehst,
Mein armes Herz du nach dir ziehst!

Der Bischof flieht bis an den Rhein
Und wirft den Zauberring hinein.

O flieh', du Bischof, in guter Ruh',
Ich eile den lichten Wellen zu.

Die Wellen murmeln manch Liebeswort
Von meines Herzens Licht und Hort.

Ich bau' am Rheine mir ein Schloß,
So hold, wie er, kein Strom mir floß.

O Rhein, o Rhein, du liebster mein,
Schön Lindenzweig!
Hier will ich leben, begraben sein;
O Abend, o Abend, die müden Arme ruhen!

Die blutige Hochzeit.

Der Pfalzgraf reitet hin zur Waid,
Viel Knecht' und Diener im Geleit.

Und wie sie durch den Thalweg zieh'n,
Steht eine Mühl' im stillen Grün.

Des Müllers Tochter, so schön und fein,
Sie schaut herab vom Fensterlein.

„Hör', Müller, gieb dein Kind heraus,
Sonst steck' ich dir den Hahn auf's Haus!"

Steckst du mir den rothen Hahn auf's Haus,
So geb' ich doch nicht die Tochter raus!

Zuerst schlug er den Vater todt,
Zum andern die Frau Mutter roth.

Zum dritten alle Brüder drei,
Daß Gott der Herr euch gnädig sei!

Nun steckt der Pfalzgraf ein das Schwert,
Und nahm die Tochter mit auf's Pferd.

Und als sie kamen wohl auf Grünhaid',
Erglänzten sieben Schlösser weit:

„Schaust du die sieben Schlösser mein,
D'rauf sollst du, Lieb', Pfalzgräfin sein!"

Ich wollt' das Feuer hätt' sie verzehrt,
Du lägst erschlagen von Feindes Schwert!

Mit Flötenspiel und Cymbelschall
Führt' man die Braut zum hohen Saal.

„Nun iß und trink den alten Wein,
Und laß dein Herze fröhlich sein!"

Ich kann nicht trinken den alten Wein,
Mein Herz kann nimmer fröhlich sein:

Zuerst schlug er den Vater todt,
Zum andern die Frau Mutter roth

Zum dritten alle Brüder drei,
Daß Gott der Herr euch gnädig sei!

Der Tag verging, es kam die Nacht,
Die Braut ward in die Kammer bracht.

Bei zwei und siebenzig Kerzen Schein
Führt' man die junge Braut hinein!

Wohl um die stille Mitternacht
Der junge Graf vom Schlaf erwacht.

Da wollt' er küssen ihren Mund,
Doch kalt und todt die Liebste fund.

Das erlaubte Tänzchen.

Zwei Schwestern starben an einem Tag,
Sie wurden mitsammen gelegt ins Grab.

Und als sie kamen vor's himmlische Thor,
Sanct Petrus sprach: Wer ist davor?

Es sind davor zwei arme Seelen,
Die möchten gern bei Gott einkehren.

Die erste die soll zu Gott eingeh'n,
Die zweite soll den breiten Weg geh'n.

Und da sie den breiten Weg auße' kam,
Da begegnet ihr die heilige Frau.

Wohinaus, wohinaus, du arme Seel'?
Wir wollen jetzt zu Gott einkehr'n.

„Ich bin ja schon bei Gott eingekehrt,
Da hat mir St. Petrus hinausgewehrt.“

Was hast du denn für Sünde gethan,
Daß du nicht darfst in Himmel gahn?

„Ich hab' ja alle Samstag Nacht
Ein Ringeltänzchen mitgemacht.“

Hast du sonst keine Sünde gethan,
Darfst du mit mir in Himmel gahn.

Und als sie kamen an's himmlische Thor,
Sanct Petrus sprach: Wer ist davor?

Es ist davor eine arme Seel,
Sie möchte gern bei Gott einkehr'n.

Maria nahm sie bei der Hand
Und führte sie in's gelobte Land.

Da ward ihr gleich ein Stuhl bereit
Von nun an bis in die Ewigkeit.

Das Haus des Todes.

Es leuchten drei Stern' über ein Königshaus,
Drei Jungfräulein wohnten darein,
Ihr Vater war weit über Land hinaus
Auf einem weißen Rösselein:
Sternelein, blinzet zu Leide!

„Siehst du es, das weiße Rößlein, noch nicht,
Ach Schwesterlein, untig im Thal?“
Ich seh' es, meines Vaters Rösselein, licht,
Es trabet da muthig im Thal.

„Ich seh' es, das Rößlein, mein Vater nicht drauf,
Ach Schwesterlein, Vater ist todt;
Mein Herzlein ist mir betrübet,
Wie ist mir der Himmel so roth!“

Da trat ein Reiter im blutigen Rock
In's dunkele Kämmerlein klein:
„Ach, blutiger Mann, wir bitten dich hoch,
Laß leben uns Jungfräulein!“

Ihr könnt nicht leben, ihr Jungfräulein zart,
Mein Weiblein frisch und schön
Erstach mir euer Vater im Garten so hart,
Ein Bächlein von Blut floß daher.

Ich fand ihn, den Mörder, im grünen Wald,
Ich nahm ihm sein Rösselein ab,
Und stach ihm das Messer in's Herze hinein,
Er fiel von den Felsen herab.

„Hast du meinen lieben Vater auch
Getödtet am hohligen Weg,
Ach Schwesterlein, laß uns fröhlich sein,
Wir sterben ja wundergern!“

Er nahm ein Messer, war scharf und spitz,
Und stieß es den Jungfräulein zart
In ihr betrübtes Herzelein,
Zur Erde fielen sie hart.

Da fließet ein klares Bächlein hell
Herunter im grünigen Thal;
Fließ' nur herum, du Bächlein hell,
Bis in die weite See!

Da schlafen die Jungfräulein alle drei
Bis an den jüngsten Tag,
Sie schlafen da in kühler Erd'
Bis an den jüngsten Tag.
Sternelein, blinzet zu Leide!

Der Glockenguß zu Breslau.

War einst ein Glockengießer
Zu Breslau in der Stadt,
Ein ehrenwerther Meister,
Gewandt in Rath und That.

Er hatte schon gegossen
Viel Glocken, gelb und weiß,
Für Kirchen und Kapellen,
Zu Gottes Lob und Preis.

Und seine Glocken klangen
So voll, so hell, so rein;
Er goß auch Lieb' und Glauben
Mit in die Form hinein.

Doch aller Glocken Krone,
Die er gegossen hat,
Das ist die Sünderglocke
Zu Breslau in der Stadt;

Im Magdalenenthurme
Da hängt das Meisterstück,
Rief schon manch starres Herze
Zu seinem Gott zurück.

Wie hat der gute Meister
So treu das Werk bedacht!
Wie hat er seine Hände
Gerührt bei Tag und Nacht!

Und als die Stunde kommen,
Daß Alles fertig war,
Die Form ist eingemauert,
Die Speise gut und gar;

Da ruft er seinen Buben
Zur Feuerwacht herein:
„Ich lass' auf kurze Weile
Beim Kessel dich allein.

Will mich mit einem Trunke
Noch stärken zu dem Guß,
Das gibt der zähen Speise
Erst einen vollen Fluß.

Doch hüte dich, und rühre
Den Hahn mir nimmer an,
Sonst wär' es um dein Leben,
Fürwitziger, gethan!"

Der Bube steht am Kessel,
Schaut in die Gluth hinein:
Das wogt, und wallt, und wirbelt,
Und will entfesselt sein,

Und zischt ihm in die Ohren,
Und zuckt ihm durch den Sinn,
Und zieht an allen Fingern
Ihn nach dem Hahne hin.

Er fühlt ihn in den Händen,
Er hat ihn umgedreht;
Da wird ihm angst und bange,
Er weiß nicht, was er thät.

Und läuft hinaus zum Meister,
Die Schuld ihm zu gesteh'n,
Will seine Knie umfassen
Und ihn um Gnade fleh'n.

Doch wie der nur vernommen
Des Knaben erstes Wort,
Da reißt die kluge Rechte
Der jähe Zorn ihm fort.

Er stößt sein scharfes Messer
Dem Buben in die Brust,
Dann stürzt er nach dem Kessel,
Sein selber nicht bewußt.

Vielleicht, daß er noch retten,
Den Strom noch hemmen kann:
Doch sieh, der Guß ist fertig,
Es fehlt kein Tropfen d'ran.

Da eilt er abzuräumen,
Und sieht, und will's nicht seh'n,
Ganz ohne Fleck und Makel
Die Glocke vor sich steh'n.

Der Knabe liegt am Boden,
Er schaut sein Werk nicht mehr:
Ach, Meister, wilder Meister,
Du stießest gar zu sehr!

Er stellt sich dem Gerichte,
Er klagt sich selber an,
Es thut den Richtern wehe
Wohl um den wackern Mann.

Doch kann ihn Keiner retten,
Und Blut will wieder Blut;
Er hört sein Todesurthel
Mit ungebeugtem Muth.

Und als der Tag gekommen,
Daß man ihn führt hinaus,
Da wird ihm angeboten
Der letzte Gnadenschmaus.

„Ich dank' euch," spricht der Meister,
„Ihr Herren lieb und werth;
Doch eine and're Gnade
Mein Herz von euch begehrt:

Laßt mich nur einmal hören
Der neuen Glocke Klang!

Ich hab' sie ja bereitet,
Möcht' wissen, ob's gelang."

Die Bitte ward gewähret,
Sie schien den Herrn gering;
Die Glocke ward geläutet,
Als er zum Tode ging.

Der Meister hört sie klingen,
So voll, so hell, so rein!
Die Augen geh'n ihm über,
Es muß vor Freude sein:

Und seine Blicke leuchten,
Als wären sie verklärt;
Er hat in ihrem Klange
Wohl mehr als Klang gehört.

Hat auch geneigt den Nacken
Zum Streich voll Zuversicht;
Und was der Tod versprochen,
Das bricht das Leben nicht.

Das ist der Glocken Krone,
Die er gegossen hat,
Die Magdalenenglocke
Zu Breslau in der Stadt.

Die ward zur Sünderglocke
Seit jenem Tag geweiht;
Weiß nicht, ob's anders worden
In dieser neuen Zeit.

Ein junger Mönch

Ein junger Mönch im Kloster Heisterbach
Lustwandelt an des Gartens fernstem Ort,
Der Ewigkeit sinnt still und tief er nach,
Und forscht dabei in Gottes heil'gem Wort.

Er liest, was Petrus der Apostel sprach:
Dem Herren ist ein Tag wie tausend Jahr,
Und tausend Jahre sind ihm wie ein Tag.
Doch wie er sinnt, es wird ihm nimmer klar.

Und er verliert sich zweifelnd in den Wald;
Was um ihn vorgeht, hört und sieht er nicht.
Erst wie die fromme Vesperglocke schallt,
Gemahnt es ihn der ernsten Klosterpflicht.

Im Lauf erreichet er den Garten schnell,
Ein Unbekannter öffnet ihm das Thor,
Er stutzt — doch sieh! schon glänzt die Kirche hell,
Und d'raus ertönt der Brüder heil'ger Chor.

Nach seinem Stuhle gehend tritt er ein —
Doch wunderbar — ein Andrer sitzet dort!
Er überblickt der Mönche lange Reih'n,
Nur Unbekannte findet er am Ort.

Der Staunende wird angestaunt ringsum,
Man fragt nach Namen, fragt nach dem Begehr.
Er sagt's — da murmelt man durch's Heiligthum:
Dreihundert Jahre hieß so Niemand mehr.

Der Letzte dieses Namens, tönt es dann,
Er war ein Zweifler und verschwand im Wald;
Man gab den Namen Keinem mehr fortan! —
Er hört das Wort, es überläuft ihn kalt.

Er nennet nun den Abt und nennt das Jahr,
Man nimmt das alte Klosterbuch zur Hand;
Da wird ein großes Gotteswunder klar:
Er ist's, der drei Jahrhunderte verschwand.

Ha, welche Lösung! Plötzlich graut sein Haar,
Er sinkt dahin und ist dem Tod geweiht.
Und sterbend mahnt er seiner Brüder Schaar:
Gott ist erhaben über Ort und Zeit.

Was er verhüllt, macht nur ein Wunder klar,
D'rum grübelt nicht, denkt meinem Schicksal nach!
Ich weiß, ihm ist ein Tag wie tausend Jahr,
Und tausend Jahre sind ihm wie ein Tag!

Der Unbekannte.

Durch das enge Thor des Städtchens
Zieht ein alter Bettler fort,
Niemand spendet ihm Geleite,
Lebewohl und Abschiedswort.

Nicht verräth die graue Wolke,
Daß sie Botschaft Gottes trägt;
Nicht verräth der graue Felsen,
Daß er Schachte Goldes hegt.

Und dem kahlen Baum im Winter
Seht ihr's auch nicht an sogleich,
Daß er einst so fröhlich grünte
Und an Blüth' und Frucht so reich.

Von dem Mann am Bettelstabe
Hätt' es Keiner wohl geglaubt,
Daß er einst im Purpur strahlte,
Kronumglänzt sein Lockenhaupt!

Meuter rissen ihm die Krone
Und den lichten Purpur ab,
Reichten ihm, anstatt des Zepters,
Einen morschen Wanderstab.

Und so wallt er schon seit Jahren,
Ungegrüßt und ungekannt,
Mit dem schwergebeugten Haupte
Durch so manches fremde Land.

Müde, todesmüde sinkt er
Unter einen Blüthenbaum,
Von den Zweigen eingesungen
In den tiefen, ew'gen Traum.

Menschen, die vorübergingen,
Sprachen da in stillem Gram:
Wer ist wohl der arme Alte,
Der so elend hier verkam?

Doch Natur mit lichtem Auge
Hat den Schläfer wohl erkannt,
Und ein feierlich Begängniß,
Wie's dem König ziemt, gesandt.

Blüthenkränze weh'n vom Baume
Ihm als Kron' auf's Haupt herab,
Und zum Zepter übergoldet
Sonne ihm den Bettelstab.

Rauschend wölben sich die Zweige
Ueber ihm als Baldachin,
Und den königlichen Purpur
Legt das Abendroth auf ihn.

Ritter Sanct Georg.

In einem See sehr groß und tief
Ein böser Drach' sich sehen ließ.

Dem ganzen Land er Schrecken bringt,
Viel Menschen und viel Vieh verschlingt.

Und mit des Rachens bösem Duft
Vergiftet er ringsum die Luft.

Daß er nicht dringe zu der Stadt,
Beschloß man im gemeinen Rath,

Zwei Schaaf zu geben alle Tag,
Um abzuwenden diese Plag.

Und da die Schaaf schier all dahin,
Erdachten sie noch andern Sinn,

Zu geben einen Menschen dar,
Der durch das Loos gewählet war.

Das Loos ging um so lang und viel,
Bis es auf's Königs Tochter fiel.

Der König sprach zu'n Bürgern gleich:
„Nehmt hin mein halbes Königreich!

Ich gebe auch an Gut und Gold,
Von Silber und Geld so viel ihr wollt,

Auf daß mein Tochter, die einzig Erb,
Noch lebe, nicht so bös verderb."

Das Volk ein groß Geschrei beginnt:
Einem andern ist auch lieb sein Kind!

Hältst du mit deiner Tochter nicht
Den Schluß, den du selbst aufgericht,

So brennen wir dich zu der Stund
Sammt deinem Pallast auf den Grund.

Da nun der König Ernst ersach,
Ganz leidig er zu ihnen sprach:

„So gebet mir doch nur acht Tag,
Daß ich der Tochter Leid beklag."

Darnach sprach er zur Tochter sein:
„Ach Tochter, liebste Tochter mein!

So muß ich dich jetzt sterben sehn,
Und all mein Tag in Trauren stehn."

Da nun die Zeit verschwunden war,
Lauft bald das Volk zum Pallast dar,

Und drohet ihm mit Schwert und Feuer,
Sie schrien hinauf ganz ungeheuer:

„Willst du um deiner Tochter Leben,
Dein ganzes Volk dem Drachen geben?“

Da es nicht anders möchte sein,
Gab er zuletzt den Willen drein.

Er kleidet sie in königlich Wat,
Mit Weinen und Klagen er sie umfaht.

Er sprach: „Ach weh mir armen Mann!
Was soll ich jetzund fangen an?

Die Hochzeit dein war ich bedacht
Zu halten bald mit großer Pracht,

Mit Trommeln und mit Saitenspiel,
Zu haben Lust und Freuden viel.

So muß ich mich nun dein verwegen,
Und dich dem grausen Drachen geben.

Ach Gott, daß ich vor dir wär' todt,
Daß ich nicht säh' dein Blut so roth.“

Er gab ihr weinend manchen Kuß,
Sein Töchterlein fiel ihm zu Fuß:

„Lebt wohl, lebt wohl, Herr Vater mein!
Gern sterb' ich um des Volkes Pein.“

Der König schied mit Ach und Weh,
Man führt sein Kind zum Drachensee.

Als sie da saß in Trauren schwer,
Da ritt der Ritter Georg daher.

„O Jungfrau zart! gieb mir Bescheid,
Warum stehst du in solchem Leid?“

Die Jungfrau sprach: „Flieh bald von hier!
Daß du nicht sterben mußt mit mir.“

Er sprach: „O Jungfrau, fürcht dich nicht,
Vielmehr mit Kurzem mich bericht,

Was deut's, daß ihr allein da weint,
Ein großes Volk herum erscheint?“

Die Jungfrau sprach: „Ich merk' ohn Scherz,
Ihr habt ein mannlich's Ritterherz;

Was wollt ihr hier verderben
Und mit mir schändlich sterben.“

Dann sagt sie ihm, wie hart und schwer,
Wie alle Sach' ergangen wär'.

Da sprach der edle Ritter gut:
„Getröstet seid', habt freien Muth!

Ich will durch Hülf' von Gottes Sohn,
Euch ritterlichen Beistand thun.“

Er bleibet fest, sie warnt ihn sehr,
Da kam der gräuliche Drach' daher.

„Flieht, Ritter! schont das junge Leben,
Ihr müßt sonst euren Leib drum geben.“

Der Ritter sitzt geschwind zu Roß,
Und eilet zu dem Drachen groß.

Das heil'ge Kreuz macht er vor sich,
Gar christenlich und ritterlich,

Dann rannt' er an mit seinem Spieß,
Den er tief in den Drachen stieß,

Daß jähling er zur Erden sank
Und saget Gott dem Herren Dank.

Da sprach er zu der Jungfrau zart:
„Der Drache läßt von seiner Art.

Drum fürcht' euch gar nicht dieses Falls,
Legt euren Gürtel ihm um den Hals."

Als sie das thät, ging er zur Stund',
Mit ihm wie ein gezähmter Hund.

Er führt ihn so zur Stadt hinein,
Da flohen vor ihm groß und klein.

Der Ritter winket ihnen, sprach:
„Bleibt hie und fürchtet kein Ungemach.

Ich bin darum zu euch gesendt,
Daß ihr den wahren Gott erkennt.

Wann ihr euch dann wollt taufen lahn,
Und Christi Glauben nehmen an,

So schlag' ich diesen Drachen todt,
Helf' euch damit aus aller Noth."

Alsbald kam da durch Gottes Kraft:
Zur Tauf' die ganze Heidenschaft.

Da zog der Ritter aus sein Schwerdt,
Und schlug den Drachen zu der Erd'.

Der König bot dem heil'gen Mann
Viel Silber und Gold zu Ehren an,

Das schlug der Ritter alles aus,
Man soll's den Armen theilen aus.

Als er nun schier wollt' ziehen ab
Die Lehr' er noch dem König gab:

„Die Kirche Gottes, des Herren dein,
Laß dir allzeit befohlen sein."

Der König baute auch mit Fleiß
Der Mutter Gottes zu Lob und Preis

Eine Kirche schön und herrlich groß,
Aus der ein kleiner Brunn herfloß.

Der Schwanenritter.

„Sag' mir an, Frau Mutter lieb,
Wo treff' ich denn den Vater mein?"
Laß ab, mein Sohn, du quälst mich sehr,
Ich weiß nicht, wo der Vater dein!

„Wo ist denn wohl sein Heimathland?
Sag' an, daß ich ihn suchen kann!"
Sein Heimathland ist unbekannt,
Weiß nicht, wohin er sich gewandt!

„Wie kam er denn in dieses Land?
Frau Mutter lieb, mach' mir's bekannt,
Damit ich kenne den Vater mein,
Damit ich sein mag kundig sein!"

Ich stand im Fenster wohl im Gemach
Und weinte meinem Vater nach,
Da schwamm ein Schifflein auf dem Rhein,
Ein stolzer Ritter stand darein!

Er führt' an der Hand wohl einen Schwan,
Ein gülden Kettlein glänzte dran;
Der Schwan, der schwamm dem Ufer zu,
Der Ritter grüßt' in stolzer Ruh'.

Der Ritter trug ein gülden Schwert,
Das war eine halbe Grafschaft werth,
Ein Hörnlein wohl von rothem Gold,
Das hing um seinen Nacken hold.

Am Finger gleißt' ihm auch ein Ring,
Der über alle Kleinod ging,
Der Ritter führt' einen blanken Schild,
Sechs Königsstäbe drauf gebild't!

„O Mutter, das ist seltne Mähr,
Kannst du mir sagen gar nichts mehr?"
Ich kann dir sagen nur dies Ein',
Das macht, daß ich jetzt immer wein':

Dem Vater ich geloben sollt',
Daß ich ihn nicht erfragen wollt'
Von wo er zu mir kommen ist;
Doch frug' ich ihn zu einer Frist.

Die Frag' hat ihn getrieben fort,
Doch dacht' er seiner Kinder dort,
Er ließ dir Schild und ließ dir Schwert,
Sein ganzes Erb' ist dir bescheert.

Dem Bruder dein gab er sein Horn,
Der Gau zu Clev' ist ihm erkor'n,
Dem jüngsten Bruder ward der Ring,
Das Land von Hessen er empfing.

Mir aber ließ der Eh'gemahl
Nichts sonst zurück, als Leid und Qual:
Wer einmal ihn geliebt so sehr,
Der kann ihn nimmer vergessen mehr!

Kaiser Karl.

Als Kaiser Karl auf weitem Zuge
In niedrer Herberg' kehrte ein,
Trat schwanenweiß mit Schürz' und Tuche
Zu ihm die Wirthin jung und fein.

Dies wurde, Herr, für euch gefangen,
Sprach sie, und setzte auf den Tisch
Mit schüchternen, verschämten Wangen
Des großen Kaisers Lieblingsfisch.

Doch mundet nicht dem Herrn der Bissen,
Ist's gleich ein selt'nes Leibgericht;
Er ruft, von Wehmuth hingerissen:
Wie ihr gelingt es Keiner nicht!

Oft brachte sie mir diese Speise,
Die still von ihr bereitet ward,
Und lauschte kindlich froh und leise —
O Emma, Emma, Eginhard!

Da stürzten zu des Kaisers Füßen
Der munt're Wirth, die junge Frau,
Bedeckten seine Hand mit Küssen,
Mit heißer Thränen Perlenthau.

Du, Emma? rief mit süßem Beben
Der große Kaiser freudenvoll:
Kommt an mein Herz, euch sei vergeben,
Vergessen aller Schmerz und Groll.

Er nahm in seinen Arm sie Beide,
Ward Emma anzusehn nicht satt,
Und nannt' im Rausch der Vaterfreude
Den kleinen Flecken Sel'genstadt.

Der Spielmannssohn.

Als ich ein kleiner Knabe war,
Da lag ich in der Wiegen,
Als ich ein wenig größer war,
Ging ich auf freier Straßen.

Da begegnet mir des Königs Töchterlein,
Ging auch auf freier Straßen:
„Komm herein, komm herein, kleiner Spielmannssohn,
Spiel' mir eine kleine Weise!"

Es währte kaum eine Viertelstund'
Der König kam gegangen:
„Du Schelm, du Dieb, kleiner Spielmannssohn!

Was thust du bei meiner Tochter?
In Frankreich ist ein Galgen gebaut,
Da sollst du Schelm dran hangen!"

Es währte kaum drei Tage lang,
Die Leiter mußt ich steigen:
Ach gebt mir meine Geige her!
Ich will ein wenig drauf streichen.

Ich strich wohl hin, ich strich wohl her,
Ich strich auf allen vier Saiten,
Ich spielt' einen hübschen Todten-
gesang;
Der König fing an zu weinen.

„Komm herunter, komm herunter, kleiner
Spielmannssohn,
Meine Tochter soll dir werden."
In Oestreich ist ein Schloß gebaut,
Da sollst du König werden."

Der Rattenfänger von Hameln.

„Wer ist der bunte Mann im Bilde?
Er führet Böses wohl im Schilde,
Er pfeift so wild und so bedacht;
Ich hätt' mein Kind ihm nicht gebracht!"

In Hameln fochten Mäus' und Ratzen
Bei hellem Tage mit den Katzen,
Es war viel Noth, der Rath bedacht,
Wie andre Kunst zuweg gebracht.

Da fand sich ein der Wundermann,
Mit bunten Kleidern angethan.

Pfiff Ratz' und Mäus' zusamm' ohn' Zahl,
Ersäuft sie in der Weser all'.

Der Rath will ihm dafür nicht geben,
Was ihm ward zugesagt so eben,
Sie meinten, das ging gar zu leicht
Und wär' wohl gar ein Teufelsstreich.

Wie hart er auch den Rath besprochen,
Sie dräuten seinem bösen Pochen,
Er konnt' zuletzt vor der Gemein'
Nur auf dem Dorfe sicher sein.

Die Stadt von solcher Noth befreiet,
Im großen Dankfest sich erfreuet,
Im Betstuhl saßen alle Leut,
Es läuten alle Glocken weit.

Die Kinder spielten in den Gassen,
Der Wundermann durchzog die Straßen,
Er kam und pfiff zusamm' geschwind
Wohl auf ein Hundert schöne Kind.

Der Hirt sie sah zur Weser gehen,
Und keiner hat sie mehr gesehen,
Verloren sind sie an dem Tag'
Zu ihrer Eltern Weh' und Klag'.

Im Strome schweben Irrlicht nieder,
Die Kindlein frischen drin die Glieder,
Dann pfeifet er sie wieder ein,
Für seine Kunst bezahlt zu sein.

Der Zauberlehrling.

Es waren zwei zarte Kindelein,
Ein Knabe und ein Mägdelein;
Ihr Vater war ein gottloser Bub',
Er schwur die Kinder dem Teufel zu.
O höchster Gott im Himmelreich!

In einer Höhle unbekannt,
Da lebten die Kinder im fremden Land.
Der Zauberer hatt' ein Zauberbuch,
Daran er groß Gefallen trug.

Der Knabe las in dem Buch so gern,
Wenn oft der böse Zauberer fern,
Lernt' zaubern wohl aus dieser Schrift,
Und wie man einen Zauber trifft:

O Schwesterlein, der Böse ist aus,
Wir wollen nun in die Welt hinaus!
Die zwei, sie eilten den lieben Tag,
So viel nur einer wandern mag.

Und als es war am Abend spat,
Der böse Geist hinter ihnen naht:
O Bruder, jetzt sind wir verloren hier,
Der böse Geist ist nahe schier!

Der Jüngling sprach einen argen Spruch,
Den er gelernet aus dem Buch:
Das Mägdlein ward ein großer Teich,
Der Jüngling einem Fische gleich.

Der Böse ging um das Wasser rund,
Den Fisch er da nicht fangen kunnt',
Da lief er zornig nach seiner Höhl',
Ob er sich Netze holen könnt'.

Die zwei, die eilten einen Tag,
So viel nur einer wandern mag:
O Bruder, jetzt sind wir verloren hier,
Der böse Geist ist nahe schier!

Der Knabe sprach einen argen Spruch,
Den er gelernet aus dem Buch:
Das Mädchen ward da eine Kapell',
Der Knab' ein Bild auf dem Altar.

Der Böse ging um das Kirchlein rund,
Das Bild er da nicht kriegen kunnt',
Da lief er zornig nach seiner Höhl',
Ob er sich Feuer holen möcht'.

Die zwei, die eilten den dritten Tag,
So viel nur einer wandern mag:
O Bruder, jetzt sind wir verloren hier,
Der böse Geist ist hinter dir!

Der Knabe sprach einen argen Spruch,
Den er gelernet aus dem Buch:
Das Mägdlein ward eine Tenne fest,
Der Knab' lag drauf, ein Körnlein Gerst'.

Der Böse ging wohl um die Tenn',
Er sprach ein Wort, er ward eine Henn',
Er wollte schlingen die Gerste hinein,
Der Knab' sollt schon verloren sein.

Der Knabe sprach einen argen Spruch,
Den er gelernet aus dem Buch:
Er ward ein Fuchs da wiederum,
Und drehte der Henne den Hals herum.
O höchster Gott im Himmelreich!

Richmudis.

Hört, Christenleut', jetzt ein neues Lied,
Was kürzlich zu Köln ist noch gescheh'n
Von einer Frauen, Richmudis genannt,
Von Adocht, in vierzig Geschlechtern bekannt!

Sie starb, man legte sie in die Lad',
Der Mann aus lauter Trauren sprach:
Laßt meiner Hausfrauen einen Trauring an,
Mit Treuen, da war sie wohlgethan!

Der Tag verging, es kam die Nacht,
Der Glöckner zu seinem Knechte sprach:
Wir wollen hinein in das Grab wohl geh'n,
Wir wollen der Frauen den Ring abseh'n!

Und als der Knecht das Grab aufthät',
Der Glöckner schnell die Lad' aufhebt:
Vor Schrecken liefen sie beide fort
Und ließen der Frauen die Leuchte dort.

Sie nahm die Leuchte wohl in die Hand,
Sie ging, bis sie den Neumarkt fand:
Ach Mann, ach Mann, mach' auf die Thür'.
Deine eh'liche Hausfrau ist dafür!

Die Frau, die rief, die Magd, die lief
Wohl zu dem Mann, der oben schlief:
O Gott, wie kann es möglich sein,
Eher müßten meine zwei Rosse bei mir sein!

Sobald der Mann das Wort aussprach,
Die zwei Ross' liefen rasch aus dem Stall,
Sie sprangen schon die Treppen hinan,
Sie gingen vor den Herrn in's Fenster stah'n.

Der Herr macht selbsten auf die Thür':
Ach Gott im Himmel, sei gnädig mir,

Es ist wahrhaftig meine Hausfrau gut,
Ich hatte sie nächstens begraben todt!

Ach, liebster Gemahl, sei nicht erschreckt,
Ein Engel vom Himmel hat mich geweckt,
Ein Engel vom Himmel, gar hübsch und fein,
Wir sollten in Treuen zusammen sein!

Er faßt sie wohl unter den Arm sogleich,
Er führt sie hinauf gar freudenreich,
Sie setzten sich beide zusammen also
Und aßen und tranken und sprachen dazu.

Nachdem ein so großes Wunder geschah,
Hat sie gelebt noch sieben Jahr,
Und hat ihm geboren sieben Söhnelein,
In Aposteln gewirket ein Meßkleid fein.

Dazwischen hat sie keinmal gelacht
Und immer gar ernst den Tod betracht't.
Das ist zu Köln in der Stadt gescheh'n,
Und mag sich begeben so leicht nicht mehr.

Des Müllers Töchterlein.

Meister Müller, thut mal seh'n,
Was an seiner Mühlen ist gescheh'n:
Das Rad das bleibt so stille steh'n,
Es muß etwas zu Grunde geh'n.

Die Mutter ging wohl in die Kammer,
Schlug die Händ' über'm Kopf zusammen:
„Wir hatten das einzige Töchterlein,
Das wird uns wohl ertrunken sein."

„Durch das Wasser bin ich gegangen,
Seht, das Rad hat mich gefangen!
Bindet mir einen Kranz von Rosmarin,
Dieweil ich Braut und Jungfrau bin.

Liebe Eltern, laßt euch sagen,
Laßt mich durch sechs Träger tragen;
Kommt, tragt mich dem Kirchhof zu,
Auf daß ich schlaf' in sanfter Ruh.

Dort im himmlischen Rosengarten
Thut der Bräutigam auf mich warten,
Bei Gott in jener Ewigkeit
Da steht mein Liebster schon bereit."

Es ist ein Hügel —

Es ist ein Hügel schmal und klein,
Den mit dem Haupt du überragst,
Und doch — in den du tief hinein,
Tief in den Himmel schauen magst.

Zwei Särge einsam stehen.

Zwei Särge einsam stehen
In des alten Domes Huth,
König Ottmar liegt in dem einen,
In dem andern der Sänger ruht.

Der König saß einst mächtig
Hoch auf der Väter Thron,
Ihm liegt das Schwert in der Rechten
Und auf dem Haupte die Kron'.

Doch neben dem stolzen König
Da liegt der Sänger traut,
Man noch in seinen Händen
Die fromme Harfe schaut.

Die Burgen rings zerfallen,
Schlachtruf tönt durch das Land,
Das Schwert das regt sich nimmer
Da in des Königs Hand.

Blüthen und milde Lüfte
Wehen das Thal entlang —
Des Sängers Harfe tönet
In ewigem Gesang.

Barbarossa.

Der alte Barbarossa, der Kaiser Friederich,
Im unterird'schen Schlosse hält er bezaubert sich.
Er ist niemals gestorben, er lebt darin noch jetzt;
Er hat im Schloß verborgen zum Schlaf sich hingesetzt.

Er hat hinabgenommen des Reiches Herrlichkeit,
Und wird einst wiederkommen mit ihr, zu seiner Zeit.
Der Stuhl ist elfenbeinern, darauf der Kaiser sitzt:
Der Tisch ist marmelsteinern, worauf sein Haupt er stützt.

Sein Bart ist nicht von Flachse, er ist von Feuersgluth,
Ist durch den Tisch gewachsen, worauf sein Kinn ausruht.
Er nickt als wie im Traume, sein Aug' halb offen zwinkt;
Und je nach langem Raume er einem Knaben winkt.

Er spricht im Schlaf zum Knaben: „Geh' hin vor's Schloß, o Zwerg,
Und sieh, ob noch die Raben herfliegen um den Berg.
Und wenn die alten Raben noch fliegen immerdar,
So muß ich auch noch schlafen, bezaubert hundert Jahr."

Deutschland, Deutschland über Alles,
Ueber Alles in der Welt,
Wenn es stets zu Schutz und Trutze
Brüderlich zusammenhält,
Von der Maas bis an die Memel,
Von der Etsch bis an den Belt.
Deutschland, Deutschland über Alles,
Ueber Alles in der Welt!

Deutsche Frauen, deutsche Treue,
Deutscher Wein und deutscher Sang,
Sollen in der Welt behalten
Ihren alten schönen Klang,
Und zu edler That begeistern
Unser ganzes Leben lang.
Deutsche Frauen, deutsche Treue,
Deutscher Wein und deutscher Sang!

Einigkeit und Recht und Freiheit,
Für das deutsche Vaterland!
Danach laßt uns alle streben,
Brüderlich mit Herz und Hand!
Einigkeit und Recht und Freiheit
Sind des Glückes Unterpfand.
Blüh' im Glanze dieses Glückes,
Blühe, deutsches Vaterland!

Mein Vaterland.

Treue Liebe bis zum Grabe
Schwör' ich dir mit Herz und Hand:
Was ich bin und was ich habe,
Dank' ich dir, mein Vaterland!

Nicht in Worten nur in Liedern
Ist mein Herz zum Dank bereit;
Mit der That will ichs erwiedern
Dir in Noth, in Kampf und Streit.

In der Freude, wie im Leide
Ruf' ich's Freund' und Feinden zu:
Ewig sind vereint wir beide
Und mein Trost, mein Glück bist du.

Treue Liebe bis zum Grabe
Schwör' ich dir mit Herz und Hand:
Was ich bin und was ich habe,
Dank' ich dir, mein Vaterland!

Ergebung.

So ziehen wir scheidend zum Thore hinaus,
Wir lassen den Herd und das Vaterhaus.
Das Liebchen weinet, ach! was sie nur will?
Und ich bin so ruhig, mein Herze so still.

Trompeten ertönen, die Trommel klingt;
Wer weiß, was die kommende Stunde uns bringt?
Blühn morgen wie heute die Wangen so roth?
Das Schicksal, es würfelt um Leben und Tod.

Ich hab' mich ergeben in seine Hand,
Hab' Treue geschworen dem Vaterland!
Und fragt auf Erden Niemand danach,
Will halten die Treu' bis zum letzten Tag.

Sei ruhig, mein Liebchen, und klage nicht,
Du siehst ja, ich scheide und zage nicht.
Was sollt' ich mich grämen? Du bist mir ja treu!
Drum brich mir mit Klagen das Herz nicht entzwei!

Was sollt' ich mich grämen? Ich hab's ja gewollt,
Geschwungen das Glücksrad; nun rollt es und rollt.
Viel Kugeln verfliegen in Lüften frei, —
Fängt sich eine im Herzen, ist Alles vorbei!

Soldatenpflicht.

Das Horn erschallt und ich muß fort,
Muß folgen dem Kommandowort,
Verlassen meines Liebchens Haus,
Muß in die weite Welt hinaus.

Das ist ja der Soldaten Pflicht:
D'rum, trautes Liebchen, weine nicht!
Muß ich auch ferne von dir sein,
Du bist und bleibst doch ewig mein.

Behalt' mich lieb und bleib mir treu!
Denn ist der Feldzug erst vorbei,
Dann führ' ich dich gewiß und wahr,
Mein Liebchen, gleich zum Traualtar.

Doch seh' ich nicht die Heimath wieder,
Und reißen mich die Kugeln nieder,
Ach Schmerz und Weh! Liebchen ade!
Wenn ich dich nur oben wiederseh'.

Und treffen nun die Kugeln mich,
Sterb' auf dem Bett der Ehre ich,
So soll, mein Liebchen, nur allein
Mein letztes Wort dein Name sein.

Und kommst du meinem Grabe nah',
So verweile du dich allda,
Schreib' an meines Grabes Rand:
„Diesen Freund hab' ich gekannt."

Der gute Kamerad.

Ich hatt' einen Kameraden,
Einen bessern find'st du nit,
Die Trommel schlug zum Streite,
Er ging an meiner Seite,
In gleichem Schritt und Tritt.

Eine Kugel kam geflogen,
Gilt's mir oder gilt es dir?
Ihn hat sie weggerissen,
Er liegt mir vor den Füßen,
Als wär's ein Stück von mir.

Will mir die Hand noch reichen,
Derweil ich eben lad'.
Kann dir die Hand nicht geben,
Bleib du im ew'gen Leben
Mein guter Kamerad!

Rasch tritt der Tod —

Rasch tritt der Tod den Menschen an;
Es ist ihm keine Frist gegeben;
Es stürzt ihn mitten in der Bahn,
Es reißt ihn fort vom vollen Leben.
Bereitet oder nicht, zu gehen;
Er muß vor seinem Richter stehen.

O Straßburg, o Straßburg.

O Straßburg, o Straßburg,
Du wunderschöne Stadt,
Darinnen liegt begraben
Manch wackerer Soldat!

So mancher, so schöner,
Auch wackerer Soldat,
Der Vater und lieb Mutter
Böslich verlassen hat.

Verlassen, verlassen,
Es kann nicht anders sein,
Zu Straßburg, ja zu Straßburg
Soldaten müssen sein.

Die Mutter, die Mutter,
Sie ging vor's Hauptmannshaus:
Ach Hauptmann, lieber Hauptmann,
Gebt mir meinen Sohn heraus!

Und wenn ihr mir gebet
Auch noch so vieles Geld,
Euer Sohn muß doch jetzt sterben
In weiter, breiter Welt.

In weiter, in breiter,
Allvorwärts vor den Feind,
Ob auch sein schwarzbraun's Mädel
So bitter um ihn weint.

Sie trauert, sie weinet
Und klaget gar so sehr:
Ade, mein Herzallerliebster,
Ich seh' dich nimmermehr!

Prinz Eugen.

Prinz Eugenius, der edle Ritter,
Wollt' dem Kaiser wid'rum kriegen
Stadt und Festung Belgerad.
Er ließ schlagen eine Brucken,
Daß man kunnt hinüber rucken
Mit der Armee wohl für die Stadt.

Als der Brucken nun war geschlagen,
Daß man kunnt mit Stuck und Wagen
Frei passir'n den Donaufluß,
Bei Semlin schlug man das Lager,
Alle Türken zu verjagen,
Ihn'n zum Spott und zum Verdruß.

Am einundzwanzigsten August so eben
Kam ein Spion bei Sturm und Regen,
Schwur's dem Prinzen und zeigt's ihm an,
Daß die Türken futragiren
So viel als man kunnt verspüren
An die dreimalhunderttausend Mann.

Als Prinz Eugenius dies vernommen,
Ließ er gleich zusammenkommen
Seine General' und Feldmarschall'.
Er thät sie recht instrugiren,
Wie man sollt' die Truppen führen
Und den Feind recht greifen an.

Bei der Parole thät er befehlen,
Daß man sollt' die zwölfe zählen
Bei der Uhr um Mitternacht.
Da sollt' All's zu Pferd aufsitzen,
Mit dem Feinde zu scharmützen,
Was zum Streit nur hätte Kraft.

Alles saß auch gleich zu Pferde,
Jeder griff nach seinem Schwerte,
Ganz still ruckt man aus der Schanz'.
Die Musketier' und auch die Reiter
Thäten alle tapfer streiten,
's war fürwahr ein schöner Tanz!.

Ihr Constabler auf der Schanzen,
Spielet auf zu diesem Tanzen
Mit Cartaunen groß und klein!
Mit den großen, mit den kleinen
Auf die Türken, auf die Heiden,
Daß sie laufen alle davon.

Prinz Eugenius wohl auf der Rechten
That als wie ein Löwe fechten,
Als General und Feldmarschall.
Prinz Ludwig ritt auf und nieder:
„Halt't euch brav, ihr deutschen Brüder,
Greift den Feind nur herzhaft an!"

Prinz Ludwig der mußt aufgeben,
Seinen Geist und junges Leben;
Ward getroffen von dem Blei.
Prinz Eugen ward sehr betrübet,
Weil er ihn so sehr geliebet,
Ließ ihn bringen nach Peterwardein.

Soldatenlied.

Jetzt geht der Marsch in's Feld,
Da heißt's, Soldat schlag auf dein Zelt!
Frühmorgens muß man exerciren,
Bald links, bald rechts das Glied formiren;
Sobald der Tag anbricht,
Das Gewehr geschultert liegt.

Allwo die Trommeln und Pfeifen gehn,
Da ist viel tausend Freud zu sehn;
Allwo die Bomben fallen ein:
Ihr Brüder, schießt nur tapfer drein!
Sonst geh'n wir alle zu Grund
In einer Viertelstund.

Es ruft ja mancher brave Soldat:
O weh, wo bleibt mein Kamerad?
Er liegt dort auf grüner Haiden;
Gar schön woll'n wir ihn begleiten.
Mein Kamrad und der ist todt:
Tröst ihn der liebe Gott!

Die Weiber fangen zu weinen an:
„Wo bleibt mein lieber guter Mann?"
Die Kinder schreien allzugleich:
„Dich tröste Gott im Himmelreich!
Mein Vater der ist todt;
Wer schafft uns Kindern nun Brot?"

Husarenbraut.

Wir preußisch Husaren, wann kriegen wir Geld?
Wir müssen marschiren ins weite Feld,
Wir müssen marschiren dem Feinde entgegen,
Damit wir ihm heute den Paß noch verlegen.

Wir haben ein Glöcklein, das lautet so hell,
Das ist überzogen mit gelbem Fell;
Und wenn ich das Glöcklein nur läuten gehört,
So heißt es: Husaren, auf eure Pferd'!

Wir haben ein Bräutlein uns auserwählt,
Das lebet und schwebet im weiten Feld;
Das Bräutlein wird die Standarte genannt
Und ist uns Husaren sehr wohlbekannt.

Und als dann die Schlacht vorüber war,
Da einer den andern wohl sterben sah,
Schrie einer zum andern: ach, Jammer, Angst und Noth,
Mein lieber Kamerad ist geblieben todt!

Das Glöcklein es klinget nicht eben so hell,
Denn ihm ist zerschossen sein gelbliches Fell;
Das silberne Bräutlein ist uns doch geblieben,
Es thuet uns winken; was hilft das Betrüben?

Wer sich in preußischen Dienst will begeben,
Der muß sich sein Lebtag kein Weibchen nicht nehmen:
Er muß sich nicht fürchten vor Hagel und Wind,
Beständig verbleiben und reiten geschwind.

Friedericus Rex.

Friedericus Rex unser König und Herr,
Der rief seine Soldaten allsammt in's Gewehr.
Zweihundert Bataillons, und an die tausend Schwadronen,
Und jeder Grenadier kriegte sechszig Patronen.

Ihr tollen Jung'ns, sprach Seine Majestät,
Daß jeder in der Bataille seinen Mann mir steht;
Sie gönnen mir nicht Schlesien und die Graffschaft Glatz
Und hundert Millionen in meinem Schatz.

Die Kais'rin hat sich mit den Franzosen aliirt,
Und das römische Reich gegen mich revoltirt;
Die Russen sind gefallen in Preußen ein:
Auf, laßt uns zeigen, daß wir brave Landeskinder sein!

Meine Generale, Schwerin und der Feldmarschall Keith
Und der General-Major von Ziethen sind allemal bereit,
Potz Mohren, Blitz und Kreutz-Element,
Wer den Fritz und seine Soldaten noch nicht kennt,

Nun adieu, Louise, wisch' ab dein Gesicht,
Eine jede Kugel, die trifft ja nicht;
Denn träf' jede Kugel apart ihren Mann,
Wo kriegten die Könige ihre Soldaten dann?

Die Musketenkugel macht ein kleines Loch,
Die Kanonenkugel ein weit größeres noch;
Die Kugeln sind alle von Eisen und Blei,
Und manche Kugel geht Manchem vorbei.

Husarenglaube.

Es ist nichts lust'ger in der Welt
Und auch nichts so geschwind,
Als wir Husaren in dem Feld,
Wenn wir in Batalge sind.

Da heißt's, Husaren insgesammt,
Jetzt geht es frisch drauf los;
Es kommt viel Volk aus Feindesland
Zu Fuß und auch zu Roß.

Drum, ihr Husaren insgemein,
Schlagt die Pistolen an.
Ergreift den Säbel mit der Hand,
Und gebet kein Pardon.

Wenn ihr das Fränsche nicht versteht,
So haut auf Ungrisch drein
Und sprecht: Kutjaderemtemtet!
Der Sieg muß unser sein.

Und ob auch mancher Kamerad
Muß bleiben in dem Streit,
Husaren fragen nichts darnach,
Sind all' dazu bereit.

Den Leib begräbt man in die Gruft,
Der Ruhm bleibt in der Welt,
Die Seele schwingt sich durch die Luft
In's blaue Himmelszelt.

Die Prager Schlacht.

Jetzt marschiren die Preußen vor Prag,
Ei wohl, vor die wunderschöne Stadt.
Auf der Weißenburg ward das Lager aufgeschlagen,
Mit Pulver und Blei ward's betragen,
Kanonen wurden draufgeführt;
Schwerin hat sie da commandirt.

Drauf schickten sie einen Trompeter hinein,
Ob sie Prag wollten geben ein,
Oder ob sie's sollten zerschießen?
Das thät den Bischof verdrießen.
Sie wollten die Stadt nicht geben ein,
Es sollt' und mußte geschossen sein.

Prinz Heinrich der rücket an
Wohl mit achtzigtausend Mann:
Mit Pulver-Hagel, Feu'r und Flammen,
Schossen sie die Völker zusammen,
Mit Pulver-Feu'r, mit Angst und Noth;
Schwerin der ward geschossen todt.

Als der König das vernahm:
O weh, was hab' ich gethan?

Meine ganze Armee wollt' ich drum geben,
Daß mein Schwerin noch wär' am Leben,
Ist das nicht eine große Noth:
Schwerin ist geschossen todt.

Wer hat sich denn das Liedlein erdacht?
Es haben's drei Husaren gemacht,
Unter Seidlitz sind sie gewesen,
Sind auch bei Prag selbst mit gewesen.
Victoria, Victoria!
König von Preußen ist schon da.

Soll ich einem Bauern dienen?

Soll ich einem Bauern dienen
Und mein Brot im Schweiß verdienen?
Nein, mein Gretel, das thu' ich nicht.
Lieber will ich in den Feldern
Mir verschaffen Brot und Gelder,
Wo man von den Waffen spricht:
Einem Bauern dien' ich nicht.

Sollt' ich in den Handwerksstädten
Bei'm Meister als Gesell eintreten?
Dieses geh' ich gar nicht ein.
Lieber in Gezelten wohnen,
Wo da blitzen die Kanonen,
Wo das Stück im Donner kracht,
Sag' dem Deutschland gute Nacht.

Kommt auch gleich ein Kugelregen
Mit vermischten Donnerschlägen
Grad auf unsre Häupter los,
So müssen wir wie Mauern stehen
Und dem Feind entgegengehen:
Wie den Fuchs der Jäger schoß,
Geh'n wir auf die Feinde los.

Fällt auch Einer an der Seiten,
Hat es gar nichts zu bedeuten,
Frisch als wieder ein Andrer her.
Und die Glieder festgeschlossen,
Zugehau'n und dreingeschossen:
Lustig ist's Soldat zu sein,
Jäger schießt als tapfer drein.

Marschall Blücher.

Auf einem schönen grünen Rasen
Ließ Blücher sich zur Mahlzeit blasen,
Unser alte Feldmarschall.
Sie rühren die Trommeln und schlagen den Larmen,
Und lassen die feurigen Bomben schon schwärmen;
Die blutige Mahlzeit geht schon an!

Laß Pauken und Trompeten schallen,
Laß alle Karthaunen auf einmal knallen,
Auf daß sich empört die ganze Welt;
Laß Bomben und Haubitzen blitzen,
Es sollen die Franzosen schwitzen,
Solch Feuerlein ist hier bestellt!

Wohl zwanzig Jahre sind verflossen,
Daß also viel des Blut's vergossen,
Und immer fehlet noch die Ruh';
Da faßte den alten Blücher der Zorn,
Er saß zu Pferde mit Degen und Sporn,
Nun schießet und haut und stecht sie todt.

Frisch auf, ihr Reiter, drein geritten,
Ihr tapfern Füßer drauf geschritten,
Auf diesen stolzen Franken los!
Frisch gewagt, ist halb gewonnen,
Nur nicht verzagt, es wird schon kommen,
Wir jagen die tückischen Feinde fort.

O, ihr Deutschen allzusammen,
Zu Pferd, zu Fuß in Gottes Namen,
Greift unsern Feind nur tüchtig an!
Gott der Herr wird uns beschützen,
Wird seinen Schutz und Segen schicken,
Denn unser Blücher führt uns an!

Napoleon in Rußland.

Ist denn dieses wirklich wahr,
Wie man's hat vernommen,
Daß so viele tausend Mann
Sind nach Rußland kommen?

Mit Kanonen, Spieß und Schwert
Sind zum Streit versehen,
Viel zu Fuß und viel zu Pferd,
Die nach Rußland gehen.

Kaiser der Napoleon
Ist nach Rußland kommen,
Hat sogleich die große Stadt
Moskau eingenommen.

Die Franzosen liefen schnell,
Etwas zu erwerben;
Denn der Hunger war sehr groß,
Viele mußten sterben.

Napoleon zu dem Volke sprach:
Hier giebt's keine Gaben,
Petersburg, die Residenz,
Müssen wir noch haben.

Da giebt's Brot und Fleisch genug,
Und ein herrlich Leben,
Und ein Glas Champagnerwein,
Bier und Schnaps daneben.

Landsmann, nimm dich wohl in Acht,
Wie es dir wird gehen!
Siehst du nicht die große Macht
Auf der Grenze stehen?

Der Kosack und Landwehrmann
Steh'n schon auf der Schanze:
Spielt 'mal auf, ihr Kanonier',
Einmal auf zum Tanze!

Ein französ'scher Officier
Sprach: Wir sind verloren;
Alle unsre schönsten Leut'
Sind im Schnee erfroren.

Engeland und Spanien
Kann Victoria singen,
Frankreich muß zerrissen sein,
Sonst giebt's keinen Frieden.

Hochmuth wird von Gott bestraft,
Wie es steht geschrieben:
O du stolzer Bona-Bonapart,
Du mußt unterliegen!

Reiter's Morgenlied.

Erhebt euch von der Erde,
Ihr Schläfer, aus der Ruh!
Schon wiehern uns die Pferde
Den guten Morgen zu.

Die lieben Waffen glänzen
So hell im Morgenroth,
Man träumt von Siegeskränzen,
Man denkt auch an den Tod.

Du reicher Gott, in Gnaden!
Schau her vom blauen Zelt!
Du selbst hast uns geladen
In dieses Waffenfeld.

Laß uns vor dir bestehen,
Und gieb uns heute Sieg,
Die Christenbanner wehen;
Dein ist, o Herr, der Krieg!

Ein Morgen soll noch kommen,
Ein Morgen mild und klar;
Sein harren alle Frommen,
Ihn schaut der Engel Schaar.

Bald scheint er sonder Hülle
Auf jeden deutschen Mann:
O brich, du Tag der Fülle,
Du Freiheitstag, brich an!

Dann Klang von allen Thürmen,
Und Klang aus jeder Brust,
Und Ruhe nach den Stürmen,
Und Lieb' und Lebenslust.

Es schallt auf allen Wegen
Dann frohes Siegsgeschrei;
Und wir, ihr wackern Degen,
Wir waren auch dabei!

Die Wecktrommel.

Des Morgens zwischen drei und vieren,
Da müssen wir Soldaten marschiren
Das Gäßlein auf und ab;
Mein Schätzel sieht herab!

Ach, Bruder, jetzt bin ich geschossen,
Die Kugel hat mich schwer getroffen,
Trag' mich in mein Quartier,
Es ist nicht weit von hier!

„Ach, Bruder, ich kann dich nicht tragen,
Die Feinde haben uns geschlagen,
Helf dir der liebe Gott;
Ich muß zieh'n in den Tod."

Ach, Brüder, ihr geht ja vorüber,
Als wär' es mit mir schon vorüber,
Ihr Lumpenfeind' seid da,
Ihr tretet mir zu nah!

Ich muß wohl meine Trommel rühren,
Sonst werde ich mich ganz verlieren;
Die Brüder, dick gesä't,
Sie liegen wie gemäht.

Er schlägt die Trommel schon wieder,
Er wecket seine stillen Brüder,
Sie schlagen ihren Feind,
Ein Schrecken schlägt den Feind!

Er schlägt die Trommel auf und nieder,
Die sind vor'm Nachtquartier schon wieder
In's Gäßlein hell hinaus,
Sie zieh'n vor Schätzchens Haus.

Da stehen morgens die Gebeine
In Reih' und Glied wie Leichensteine,
Die Trommel geht voran,
Daß sie ihn sehen kann!

Hungersnoth.

Wir haben im Felde gestanden:
Kein Bissen Brot vorhanden,
's war große Hungersnoth.

Wir ließen den Kaiser bitten,
Er möcht' uns doch erretten
Mit einem Bissen Brot.

Der Kaiser thäte schicken
Um dreißig Silberstücke
Für achtzigtausend Mann.

Die Stücklein waren geschnitten
Als wie die halben Glieder,
Die an den Fingern sind.

Wir haben's nicht selber gegessen,
Wir haben's den Pferden gelassen,
's war große Hungersnoth.

Die Wurzeln wohl aus der Erden
Haben wir uns ausgegraben,
Ist unsre Speise gewest.

Den Thau wohl von den Blumen
Haben wir uns abgenommen,
Ist unser Trank gewest.

Wenn das mein Vater wüßte,
Dazu mein liebes Geschwister,
Sie würden mir schicken Brot;

Dazu ein weißes Hemde
Vor meinem letzten Ende,
Weil ich jetzt sterben muß;

Dazu einen Krug mit Wasser,
D'raus ich mich könnte waschen
Vor meinem letzten End'!

Es sind ihrer noch zwei geblieben,
Die haben den Brief geschrieben
Von der großen Hungersnoth.

Lied des Thaddäus.

Fordre Niemand mein Schicksal zu hören,
Dem das Leben noch wonnevoll winkt!
Ja, wohl könnte ich Geister beschwören,
Die der Acheron besser verschlingt.

Aus dem Leben mit Schlachten verkettet,
Aus dem Kampfe von Lorbeer umlaubt,
Hab' ich nichts, hab' ich gar nichts gerettet,
Als die Ehr' und dies alternde Haupt.

Zu des Vaterlands Rettung berufen,
Schwer verwundet, von Feinden umschnaubt,
Blieb mir unter den feindlichen Hufen
Nur die Ehr' und dies alternde Haupt.

Keine Hoffnung ist Wahrheit geworden,
Selbst des Jünglings hochklopfende Brust
Hat im liebeglühenden Norden
Ihrer Freiheit entsagen gemußt.

In Amerika sollte ich steigen,
Und in Polen entsagt' ich der Welt;
Lasset mich meinen Namen verschweigen,
Ich bin nichts als ein sterbender Held.

O mein Vaterland, dich nur beklag' ich,
Ja, du bist deines Glanzes beraubt!
Dich beweinend zum Grabe hin trag' ich
Meine Ehr' und dies sinkende Haupt.

Heil dem Manne.

Heil dem Manne, der den grünen Hain
Des Vaterlandes sich zur Heimath auserwählet,
Den die Freiheit und der goldne Wein
Mit Liebe, Muth und Fröhlichkeit beseelet.
Lobt man doch das Glück der alten Zeit,
Da die Väter stille in den Wäldern lebten,
Und durch Biedersinn und Tapferkeit
Nach dem himmlischen Walhalla strebten.
Drum soll uns der Ahnen
Beispiel stets ermahnen,
In den deutschen Forsten
Wie der Aar zu horsten.

Niemand kann so ritterlich und frei
Wie der Waidmann noch sein Leben hier genießen,
Denn ein jeder Freund der Jägerei
Wird gern lieben, trinken, fechten, schießen;
Und da diese Freuden
Auch zu allen Zeiten
Wack're Männer freuten,
Kann man uns beneiden.

Zwar oft sieht man auch in unsrer Hand
Nur zum leichten Spiel die blanken Waffen blitzen:
Doch wenn's gilt für Freiheit, Vaterland,
Zeigt sich stets der Ernst des freien Schützen.
Wenn die Hörner schallen,
Und die Büchsen knallen,
Blüh't auf Feindes Leichen
Freiheit deutscher Eichen.

Wenn das Morgenroth den Wald durchglüht
Und der Vögel freie, frohe Chöre schallen,
Streifen lustig wir mit raschem Schritt
Durch die schattig grünen Wälderhallen.
Sinket dann die Sonne,
Stärkt uns neue Wonne,
Denn daheim im Stübchen
Wartet unser Liebchen.

Darum laßt bei'm frohen Becherklang,
Uns des jungen, frischen Jägerlebens freuen!
Keinem wird es vor dem Alter bang',
Darf er seine Jugend nicht bereuen!
Laßt die Gläser klingen
Und ein Vivat bringen
Wie dem Vaterlande,
So dem Jägerstande.

Das St. Hubertuslied.

Im grünen Wald bin ich gewesen,
Allda sah ich ein Hirschlein steh'n;
Das Hirschlein, das wollt' ich erschießen,
O Wunder, was hab' ich geseh'n.

Es thut mir die Flinte versagen,
Ein Kreuz thut das Hirschlein tragen,
Stolzirend auf seinem Gewicht,
Die Gnade zum Sünder wohl spricht.

Da thät ich zur Erde hinsinken
Wohl auf meine bogene Knie;
Thät mir es entgegen blinken
Ein silbernes Kreuzlein schneeweiß.

Jetzt thu' ich kein Hirschlein mehr schießen,
Will lieber in's Kloster mich schließen;
Dem grünen Wald sag' ich gut' Nacht,
Die Gnade hat alles gemacht.

Gute Jagd.

Es ritt ein Jäger wohlgemuth
Wohl in der Morgenstunde,
Wollt' jagen in dem grünen Wald
Mit seinem Roß und Hunde,
Und als er kam auf grüner Haid',
Da fand sein Herz viel Lust und Freud'.
Im Maien am Reihen sich freuen
Alle Knaben und Mägdelein.

Der Kuckuk schreit, der Birkhahn lockt,
Dazu die Turteltauben,
Da fing des Jägers Rößlein an
Zu schnarchen und zu schnauben.
Der Jäger dacht' in seinem Muth,
Das Jagen kann noch werden gut.
Im Maien am Reihen sich freuen
Alle Knaben und Mägdelein.

Der Jäger sah sein edles Wild
Frisch hurtig und geschwinde,
Es war ein schönes Weibesbild,
Das sich allda ließ finden.
Der Jäger dacht' in seinem Sinn,
In diesem Walde jag' ich hin.
Im Maien am Reihen sich freuen
Alle Knaben und Mägdelein.

Ich grüß' euch, Jungfrau hübsch und fein,
Von Tugend reich und schöne,
Was ich in diesem Wald erschleich',
Das mach' ich mir zu eigen.
„Ach, edler Jäger wohlgestalt,
Ich bin nunmehr in eurer Gewalt."
Im Maien am Reihen sich freuen
Alle Knaben und Mägdelein.

Er nahm sie bei ihrer schneeweißen Hand,
Nach Jäger Manier und Weise,
Er schwang sie vorne auf sein Roß,
Glück zu! wohl auf die Reise;
Drum ist das Glück so kugelrund,
Deß freut sich mancher rother Mund!
Im Maien am Reihen sich freuen
Alle Knaben und Mägdelein.

Der Schütz.

Mit dem Pfeil, dem Bogen,
Durch Gebirg und Thal
Kommt der Schütz gezogen
Früh im Morgenstrahl.

Wie im Reich der Lüfte
König ist der Weih:
Durch Gebirg und Klüfte
Herrscht der Schütze frei.

Ihm gehört das Weite;
Was sein Pfeil erreicht,
Das ist seine Beute,
Was da kreucht und fleucht.

Es wollt ein Jäger

Es wollt' ein Jäger jagen
Ein Hirschlein, oder ein Reh.
Drei Stündlein vor dem Tagen
Ein Hirschlein oder ein Reh.

„Ach, Jäger, du thust es verschlafen,
Lieber Jäger, jetzt ist es Zeit.
Dein Schlaf thut mich erfreuen
In meiner stillen Einsamkeit."

Das thät den Jäger verdrießen,
Dieweil sie so reden thät.
Er wollt' das Jungfräulein erschießen,
Dieweil sie so reden thät.

Sie fiel dem Jäger zu Füßen,
Auf ihre schneeweißen Knie:
„Ach, Jäger, thu mich nicht erschießen!"
Dem Jäger das Herz wohl brach.

Sie thät den Jäger wohl fragen:
„Ach, edler Jäger mein,
Darf ich einen grünen Kranz tragen
In meinem goldfarbenen Haar?"

Grün Kränzelein darfst du nicht tragen,
Wie ein Jungfräulein trägt,
Ein schneeweiß Häublein sollst tragen,
Wie eine jung' Jägersfrau trägt.

Der Jäger aus Kurpfalz.

Ein Jäger aus Kurpfalz,
Der reitet durch den grünen
Wald;
Er schießt das Wild alsbald,
Gleich wie es ihm gefallt.
Gar lustig ist die Jägerei
Allhier auf grüner Haid',
Allhier im grünen Wald!

Bursch', satt'le mir mein Pferd,
Und leg' mir drauf mein'n Mantelsack,
So reit' ich wieder umher
Als Jäger aus Kurpfalz.
Jetzt reit' ich nicht mehr heim,
Bis daß der Kuckuk Kuckuk schreit.
Er schreit die ganze Nacht
Allhier auf grüner Haid'.

Der Jäger sah zwei Leut'
Und sagt zu ihnen guten Tag!
Wo wollt ihr hin, ihr Leut'?
„Wir wollen nach Kurpfalz!“
Ich will euch auf der Reis'
Begleiten, wenn es euch gefällt.
Wißt ihr wohl, wer ich bin?
Der Jäger aus Kurpfalz!

Nun wär'n wir in Kurpfalz!
Wer giebt uns aber Mittagsbrot?
Wer schenkt die Gläser voll?
Der Jäger aus Kurpfalz!
Nun weiß ich weiter nichts.
Was noch geschah, denkt selber nach.
Stoßt an, es lebe hoch
Der Jäger aus Kurpfalz!

Ein Jäger und sein Lieb.

Es blies ein Jäger wohl in sein Horn,
Und wandelte still durch Dickicht und Dorn,
Er schoß nicht Hasen, noch Hühner,
noch Reh',
Denn ach! im Herzen war ihm so weh!
Seitdem er das Mägdelein sah.

Des Jägers lockender Hörnerklang
Ihr tief hinein in die Seele drang,
Sie hüpft hinaus, wo das Hüfthorn
schallt,
Hinaus, hinaus in den dunkeln
Wald.

Er drückt das Händchen so weich und zart,
Er küßt ihr die Wangen nach Jägerart,
Und wolltest du wohl die Jägerin mein,
Du rosenrothes Herzliebchen, sein?

Die Locke pranget im grünen Kranz,
Die Hörner laden zum Hochzeittanz,
Es ruhete wohl so liebewarm
Die Jägerin in des Jägers Arm.

Lebensfreude.

Zu des Lebens Freuden
Schuf uns die Natur,
Aber Gram und Leiden
Schaffen wir uns nur.

Kümmern uns und haben
Unsre große Noth;
Und doch giebt dem Raben
Täglich Gott sein Brot.

Nur durch seinen Segen
Keimt und reift die Saat;
Er giebt Sonn' und Regen,
Hilft uns früh und spat;

Kleidet auf dem Felde
Seine Lilien an,
Was mit allem Gelde
Doch kein König kann.

Und wir sollten sorgen?
Klagen sollten wir?
Ach, vielleicht schon morgen
Sind wir nicht mehr hier!

Fort denn mit den Sorgen,
Fort mit Grillen weit!
Lebt nicht nur für morgen,
Lebet auch für heut'.

Singe, wem Gesang gegeben.

Singe, wem Gesang gegeben,
In dem deutschen Dichterwald!
Das ist Freude, das ist Leben,
Wenn's von allen Zweigen schallt.

Nicht an wenig stolze Namen
Ist die Sängerkunst gebannt:
Ausgestreuet ist der Samen
Ueber alles deutsche Land.

Deines vollen Herzens Triebe,
Gieb sie keck im Klange frei!
Säuselnd wandle deine Liebe,
Donnernd uns dein Zorn vorbei!

Singst du nicht dein ganzes Leben,
Sing' doch in der Jugend Drang!
Nur im Blüthenmond erheben
Nachtigallen ihren Sang.

Heilig achten wir die Geister,
Aber Namen sind uns Dunst;
Würdig ehren wir die Meister,
Aber frei ist uns die Kunst!

Nicht in kalten Marmorsteinen
Nicht in Tempeln, dumpf und todt,
In den frischen Eichenhainen,
Webt und lebt der deutsche Gott.

Kennst du das Land —

Kennst du das Land, wo die Citronen blüh'n,
Im dunkeln Laub die Goldorangen glüh'n,
Ein sanfter Wind vom blauen Himmel weht,
Die Myrte still und hoch der Lorbeer steht?
Kennst du es wohl? Dahin! dahin!
Möcht' ich mit dir, o mein Geliebter, zieh'n!

Kennst du das Haus? Auf Säulen ruht sein Dach,
Es glänzt der Saal, es schimmert das Gemach,
Und Marmorbilder steh'n und seh'n mich an:
Was hat man dir, du armes Kind gethan?
Kennst du es wohl? Dahin, dahin!
Möcht' ich mit dir, o mein Beschützer, zieh'n!

Kennst du den Berg und seinen Wolkensteg?
Das Maulthier sucht im Nebel seinen Weg,
In Höhlen wohnt der Drachen alte Brut,
Es stürzt der Fels und über ihn die Fluth.
Kennst du ihn wohl? Dahin, dahin!
Geht unser Weg, o Vater, laß uns zieh'n!

Fremdlings Abendlied.

Ich komme vom Gebirge her,
Die Dämmrung liegt auf Wald und Meer,
Ich schaue nach dem Abendstern,
Die Heimath ist so fern, so fern.

Es spannt die Nacht ihr blaues Zelt
Hoch über Gottes weite Welt,
Die Welt so voll und ich allein,
Die Welt so groß und ich so klein.

Sie wohnen unten Haus bei Haus,
Und gehen friedlich ein und aus;
Doch ach, des Fremdlings Wanderstab
Geht Land hinauf und Land hinab.

Es scheint in manches liebe Thal
Der Morgen= und der Abendstrahl,
Ich wandle still und wenig froh,
Und immer fragt der Seufzer: wo?

Die Sonne dünkt mich matt und kalt,
Die Blüthe welk, das Leben alt,
Und was sie reden, tauber Schall,
Ich bin ein Fremdling überall.

Wo bist du, mein gelobtes Land,
Gesucht, geahnt und nie gekannt?
Das Land, das Land so hoffnungsgrün,
Das Land, wo meine Rosen blüh'n?

Wo meine Träume wandeln geh'n,
Wo meine Todten aufersteh'n,
Das Land, das meine Sprache spricht,
Und Alles hat, was mir gebricht?

Ich übersinne Zeit und Raum,
Ich frage leise Blum' und Baum;
Es bringt die Luft den Hauch zurück:
„Da, wo du nicht bist, ist das Glück!"

Wenn du noch eine Heimath hast.

Wenn du noch eine Heimath hast,
So nimm den Ranzen und den Stecken,
Und wand're, wand're ohne Rast,
Bis du erreicht den theuren Flecken.

Und strecken nur zwei Arme sich
In freud'ger Sehnsucht dir entgegen,
Fließt eine Thräne nur um dich,
Spricht dir ein einz'ger Mund den Segen,

Ob du ein Bettler, du bist reich,
Ob krank dein Herz, dein Muth beklommen,
Gesunden wirst du allsogleich,
Hörst du das süße Wort: Willkommen!

Und ist verweht auch jede Spur,
Zeigt nichts sich deinem Blick, dem nassen,
Als grün berast ein Hügel nur
Von Allem, was du einst verlassen:

O, nirgend weint es sich so gut,
Wie weit dich deine Füße tragen,
Als da, wo still ein Herze ruht,
Das einstens warm für dich geschlagen.

Der frohe Wandersmann.

Wem Gott will rechte Gunst erweisen,
Den schickt er in die weite Welt,
Dem will er seine Wunder weisen
In Berg und Wald und Strom und Feld.

Die Trägen, die zu Hause liegen,
Erquicket nicht das Morgenroth;
Sie wissen nur vom Kinderwiegen,
Von Sorgen, Last und Noth um's Brot.

Die Bächlein von den Bergen springen,
Die Lerchen jubeln hoch vor Lust:
Wie sollt' ich nicht mit ihnen singen
Aus voller Kehl' und frischer Brust?

Den lieben Gott laß ich nur walten:
Der Bächlein, Lerchen, Wald und Feld,
Und Erd' und Himmel will erhalten,
Hat auch mein' Sach' auf's Best' bestellt!

Niemals wieder.

Heut' noch sind wir hier zu Haus,
Morgen geht's zum Thor hinaus,
Und wir müssen wandern,
Keiner weiß vom Andern.

Lange wandern wir umher
Durch die Lande kreuz und quer,
Wandern auf und nieder,
Keiner sieht sich wieder.

Und so wander' ich immerzu,
Fände gerne Rast und Ruh',
Muß doch weiter gehen,
Kält' und Hitz' ausstehen.

Manches Mägdlein lacht mich an,
Manches spricht: bleib, lieber Mann!
Ach, ich bliebe gerne,
Muß doch in die Ferne.

Und das Ferne wird mir nah:
Endlich ist die Heimath da!
Aber euch, ihr Brüder!
Seh' ich niemals wieder.

Wanderschaft.

Das Wandern ist des Müllers Lust,
Das Wandern!
Das muß ein schlechter Müller sein,
Dem niemals fiel das Wandern ein,
Das Wandern.

Vom Wasser haben wir's gelernt,
Vom Wasser!
Das hat nicht Rast bei Tag und Nacht,
Ist stets auf Wanderschaft bedacht,
Das Wasser.

Das seh'n wir auch den Rädern ab,
Den Rädern!
Die gar nicht gerne stille steh'n,
Die sich mein Tag nicht müde dreh'n,
Die Räder.

Die Steine selbst, so schwer sie sind,
Die Steine!
Sie tanzen mit den muntern Reih'n
Und wollen gar noch schneller sein,
Die Steine.

O Wandern, Wandern, meine Lust,
O Wandern!
Herr Meister und Frau Meisterin,
Laßt mich im Frieden weiter zieh'n,
Und wandern.

Treu zu Wasser und zu Lande.

Auf, Matrosen, die Anker gelichtet!
Segel gespannt, den Compaß gerichtet!
Liebchen, ade!
Scheiden thut weh!
Morgen da geht's in die wogende See!

Einen Kuß noch von rosigen Lippen,
Und ich fürchte nicht Sturm und nicht Klippen.
Brause, du See!
Sturmwind, weh'!
Wenn ich mein Liebchen nur wiederseh'.

Doch seh' ich die Heimath nicht wieder,
Und reißen die Fluthen mich nieder,
Tief in die See, —
Liebchen, ade!
Wenn ich dich droben nur wiederseh'!

Willkommen.

Willkommen, o seliger Abend,
Dem Herzen, das froh dich genießt!
Du bist so erquickend, so labend:
Drum sei mir recht herzlich gegrüßt!

In einer erfreulichen Kühle
Vergißt man die Leiden der Zeit,
Vergißt man des Mittages Schwüle
Und ist nur zum Danken bereit.

Willkommen, o Abend voll Milde,
Du schenkst dem Ermüdeten Ruh',
Versetzst uns in Edens Gefilde
Und lächelst uns Seligkeit zu.

Und trinkt ihn fröhlich leer!
In ganz Europa wächst, ihr Herren Zecher!
Ein solcher Wein nicht mehr.

Er kommt nicht her aus Ungarn oder Polen,
Noch wo man franzmänn'sch spricht;
Da mag St. Veit, der Ritter, Wein sich holen,
Wir holen ihn da nicht.

Ihn bringt das Vaterland aus seiner Fülle;
Wie wär' er sonst so gut!
Wie wär' er sonst so edel und so stille,
Und doch voll Kraft und Muth!

Er wächst nicht überall im deutschen Reiche;
Und viele Berge, hört!
Sind, wie die weiland Kreter, faule Bäuche,
Und nicht der Stelle werth.

Thüringens Berge, zum Exempel, bringen
Gewächs, sieht aus wie Wein,
Ist's aber nicht, — man kann dabei nicht singen,
Dabei nicht fröhlich sein.

Im Erzgebirge dürft ihr auch nicht suchen,
Wenn Wein ihr finden wollt;
Das bringt nur Silbererz und Koboltkuchen
Und etwas Lausegold.

Der Blocksberg ist der lange Herr Philister,
Er macht nur Wind, wie der;
Drum tanzen auch der Kuckuk und sein Küster
Auf ihm die Kreuz und Quer.

Am Rhein, am Rhein, da wachsen unsre Reben,
Gesegnet sei der Rhein!
Da wachsen sie am Ufer hin und geben
Uns diesen Labewein!

So trinkt ihn denn, und laßt uns alle Wege
Uns freu'n und fröhlich sein!
Und wüßten wir, wo Jemand traurig läge,
Wir gäben ihm den Wein.

Bundeslied.

In allen guten Stunden,
Erhöht von Lieb' und Wein,
Soll dieses Lied verbunden
Von uns gesungen sein!

Uns hält der Gott zusammen,
Der uns hierher gebracht.
Erneuert unsre Flammen,
Er hat sie angefacht.

So glühet fröhlich heute,
Seid recht von Herzen eins!
Auf, trinkt erneuter Freude
Dies Glas des echten Weins!

Auf, in der holden Stunde
Stoßt an, und küsset treu
Bei jedem neuen Bunde
Die alten wieder neu!

Wer lebt in unserm Kreise,
Und lebt nicht selig drin?
Genießt die freie Weise
Und treuen Brudersinn!

So bleibt durch alle Zeiten
Herz Herzen zugekehrt;
Von keinen Kleinigkeiten
Wird unser Bund gestört.

Uns hat ein Gott gesegnet
Mit freiem Lebensblick;
Und Alles, was begegnet,
Erneuert unser Glück;

Durch Grillen nicht gedränget,
Verknickt sich keine Lust;
Durch Zieren nicht geenget,
Schlägt freier unsre Brust.

Mit jedem Schritt wird weiter
Die rasche Lebensbahn,
Und heiter, immer heiter
Steigt unser Blick hinan.

Uns wird es nimmer bange,
Wenn Alles steigt und fällt,
Und bleiben lange, lange,
Auf ewig so gesellt.

Neuer Vorsatz.

Hier sitz' ich auf Rasen, mit Veilchen bekränzt,
Hier will ich auch trinken,
Bis lächelnd am Himmel mir Hesperus glänzt.

Zum Schenktisch erwähl' ich das duftende Grün,
Und Amor zum Schenken;
Ein Posten, wie dieser, der schickt sich für ihn.

Ach, menschliches Leben eilt schneller dahin,
Als Räder am Wagen;
Wer weiß, ob ich morgen am Leben noch bin?

Vom Weibe geboren, wir Alle sind Staub!
Der früher, der später,
Doch endlich wird Alles des Sensenmanns Raub!

Und deckt mich des Grabes unendliche Nacht,
Was hilft's, daß ein Arzt mich
Mit köstlichen Salben zur Mumie macht?

Drum will ich mich laben am Wein und am Kuß,
Bis daß ich hinunter
Zum traurigen Reigen der Schattenwelt muß.

Drum will ich auch küssen, so lang' es noch geht;
Bekränzt mich mit Rosen,
Und gebt mir ein Mädchen, das Küsse versteht.

Wenn wir durch die Straßen ziehen
Recht wie Bursch' in Saus und Braus,
Schauen Augen, blau und graue,
Schwarz und braun aus manchem Haus;

Und ich laß die Blicke schweifen
Durch die Fenster hin und her,
Fast als wollt' ich Eine suchen,
Die mir die Allerliebste wär'!

Und doch weiß ich, daß die Eine
Wohnt viel Meilen weit von mir,
Und doch kann ich's Schau'n nicht lassen
Nach den schmucken Jungfern hier.

Liebchen, woll' dich nicht betrüben,
Wenn dir Eins die Kunde bringt,
Und daß dich's nicht überrasche,
Dieses Lied der Wandrer singt.

Die Gedanken sind frei.

Die Gedanken sind frei,
Wer kann sie errathen?
Sie rauschen vorbei
Wie nächtliche Schatten.
Kein Mensch kann sie wissen,
Kein Jäger sie schießen.
Es bleibet dabei:
Die Gedanken sind frei.

Und sperrt man mich ein
Im finsteren Kerker,
Das Alles sind rein
Vergebliche Werke,
Denn meine Gedanken
Zerreißen die Schranken
Der Mauern entzwei:
Gedanken sind frei.

Ich denke was ich will
Und was mich beglücket,
Doch nur in der Still'
Und wie es sich schicket.
Mein Wunsch und Begehren
Mag Niemand verwehren.
Es bleibet dabei:
Die Gedanken sind frei.

Nun will ich auf immer
Den Sorgen entsagen
Und will mich auch nimmer
Mit Grillen mehr plagen.
Man kann ja im Herzen
Stets lachen und scherzen
Und denken dabei:
Die Gedanken sind frei.

Ich liebe den Wein,
Mein Mädchen vor allen,
Die thut mir allein
Am besten gefallen.
Ich bin nicht alleine
Mit meinem Glas Weine:
Mein Mädchen dabei,
Denn Gedanken sind frei.

Bergmannslied.

Wacht auf, wacht auf!
Der Steiger kommt;
Er hat sein Grubenlicht
Schon angezünd't.

Hat's angezünd't;
Es giebt ein Schein,
Und damit so fahren wir
Wohl aus und ein.

Die Bergleut' sein
So hübsch und fein;
Sie hauen das feinste Gold
Aus Felsenstein.

Der Eine haut Silber,
Der Andre Gold;
Und dem schwarzbraunen Mägdelein,
Dem sein sie hold.

Adler und Eule.

Es saß eine Eule ganz allein
Wohl auf dem breiten Steine;
Da kam der edle Adler her:
Was machst du hier alleine?

„Und was ich hier alleine mach'?
Ich bin ein' arme Waise:
Der Vater ist mir erschlagen im Krieg,
Die Mutter starb vor Leide."

Ist dir der Vater erschlagen im Krieg,
Starb dir die Mutter vor Leide,
Willst du mich denn nehmen zu einem Mann,
So will ich dich nehmen zum Weibe.

Die Eule streicht die Federn sich auf,
Sie schaut ihm in die Augen.
„Ei, Adler, bist ein Vogel schön:
Ja dürft' man dir nur trauen!“

Und wenn du mir nicht trauen willst,
Was geb' ich dir zum Pfande?
Setz' dich auf meine Flügel breit
Und flieg' mit mir zu Lande.

Und als sie kamen in das Land,
Wohl in des Adlers Geniste,
Da lagen der Knöchlein gar so viel,
Manch' Vöglein war zerrissen.

Nun schaut, nun schaut, ihr Mägdlein jung,
Und laßt euch nicht betrügen.
Sind gleich die Bürschlein noch so schön,
Sie können gar höflich lügen.

Der Esel als Schiedsrichter.

Einmal in einem tiefen Thal
Der Kuckuk und die Nachtigall
Eine Wett' thäten anschlagen,
Zu singen um das Meisterstück:
Wer's gewänn' aus Kunst, oder aus Glück;
Dank sollt' er davon tragen.

Der Kuckuk sprach: „so dir's gefällt,
Hab' der Sach' einen Richter erwählt.“
Und thät den Esel nennen.
„Denn weil er hat zwei Ohren groß,
So kann er hören desto baß,
Und was recht ist erkennen!“

Als ihm die Sach' nun ward erzählt,
Und er zu richten hat Gewalt,
Schuf er: sie sollten singen!
Die Nachtigall sang lieblich aus;
Der Esel sprach: „du machst mir's kraus;
Ich kann's in Kopf nicht bringen.“

Der Kuckuk fing auch an und sang,
Wie er denn pflegt zu singen:
Kuckuk, Kuckuk! lacht fein darein,
Das gefiel dem Esel im Sinne sein,
Er sprach: „in allen Rechten
Will ich ein Urtheil sprechen!

Hast wohl gesungen, Nachtigall!
Aber Kuckuk singt mit süßerm Schall,
Und hält den Takt fein innen.
Das sprech' ich nach meinem hohen Verstand
Und, ob es gält ein ganzes Land,
So laß ich's dich gewinnen."

Die lustigen Gesellen.

Es wohnt' ein Meister zu Frankfurt an dem Main,
Der hatte der Gesellen zu zweien und zu drein.
Der eine der sprach: Mir ist nicht wohl;
Der andre war betrunken, der dritte der war voll.

„Gesellen, es bleibt unter uns verschwiegen,
Wir wollen dem Meister die Arbeit lassen liegen;
Wir wollen ein wenig spazieren geh'n
Zum rothen kühlen Wein, wo schöne Jungfern sein."

Die Gesellen die sind auf die Herberg gegangen,
Da hat sie der Vater ganz freundlich empfangen.
Seid willkommen, seid willkommen, ihr lieben Söhne mein,
Was wollt ihr essen und trinken, was wollt ihr für Wein?

„Haben Sie keinen rheinischen, so geben sie uns einen fränkischen,
Der fränkische Wein ist auch ein schöner Wein,
Denselben wollen wir trinken und dabei lustig sein."

Und als die Gesellen gegessen und getrunken,
Da schickte der Meister seinen Jungen:
„Ihr Gesellen, Gesellen, zu Hause sollt ihr komm'n,
Den Abschied sollt ihr haben in einer Viertelstund'n."

Die Gesellen die kamen gesungen und gesprungen:
Der Meister der sah sauer, die Meisterin thät brummen.
„Ihr mögt mir die rechten Gesellen sein,
Zum Essen und zum Trinken, zur Arbeit hab' ich kein'n."

„Frau Meisterin, wir thun uns für diesmal bedanken,
Arbeiten wir nicht hier, so arbeiten wir in Franken.
Die fränkischen Meister, die sind uns lieb und werth,
Sie geben uns Essen und Trinken, was unser Herz begehrt."

Die Gesellen die schnallten die Felleisen auf den Rücken
Und wanderten über die Frankfurter Brücken.
Da kam ja des Meisters Töchterlein:
„Gesellen, wollt ihr wandern, so bleib ich nicht daheim."

Es ist ein harter Schluß.

Es, es, es und es,
Es ist ein harter Schluß,
Weil, weil, weil und weil,
Weil ich aus Frankfurt muß!
So schlag' ich Frankfurt aus dem Sinn,
Und wende mich, Gott weiß, wohin.
Ich will mein Glück probiren,
Marschiren.

Er, er, er und er,
Herr Meister, leb' er wohl!
Ich sag's ihm g'rad frei in's Gesicht,
Seine Arbeit, die gefällt mir nicht.
Ich will mein Glück probiren,
Marschiren.

Sie, sie, sie und sie,
Frau Meistrin, leb' sie wohl!
Ich sag's ihr g'rad frei in's Gesicht,
Ihr Speck und Kraut, das schmeckt mir nicht,
Ich will mein Glück probiren,
Marschiren.

Ihr, ihr, ihr und ihr,
Ihr Jungfern, lebet wohl!
Ich wünsche euch zu guter Letzt
Einen Andern, der meine Stell' ersetzt.
Ich will mein Glück probiren,
Marschiren.

Ihr, ihr, ihr und ihr,
Ihr Brüder, lebet wohl!
Hab' ich euch was zu Leid gethan,
So bitt' ich um Verzeihung an.
Ich will mein Glück probiren,
Marschiren.

Jedem das Seine.

Mein Weib die thut mir wehren
Das Bier und auch den Wein.
Sie spricht, ich thu' verzehren
Ihr Gut und auch das mein'.
Ihr' Wort' die sein ganz eitel,
Ich geb' ihr kurzen B'scheid;
Obschon wird leer der Beutel,
Kommt doch kein Schad in's Kleid.

Sie sagt mir viel vom Wasser,
Es sei ein starker Trank.
Sie spricht, ich sei ein Prasser,
Und wär' vom Trinken krank.

Kein Bier thut sie mir gunnen:
Daran mir nit viel leit.
Den Weibern gehört der Brunnen,
Den Mann das Bier erfreut.

Einst hat mir mein Leibarzt geboten.

Einst hat mir mein Leibarzt geboten:
Stirb, oder entsage dem Wein,
Dem weißen sowohl wie dem rothen,
Sonst wird es dein Untergang sein.

Ich hab' es ihm heilig versprochen,
Auf etliche Jahre zwar nur;
Doch nach zwei so schrecklichen Wochen
Vergaß ich den albernen Schwur.

Wie trefflich bekam mir die Speise!
Wie schlief ich so ruhig die Nacht!
Wie war ich so munter, so weise,
So fröhlich zum Sterben gemacht!

Tod, höre! Man hat mir befohlen:
Stirb, oder entsage dem Wein!
Sieh, wenn du willst, kannst du mich holen;
Hier sitz' ich und schenke mir ein!

Der arme Schwartenhals.

Ich kam vor einer Frau Wirthin Haus,
Man fragt mich, wer ich wäre?
„Ich bin ein armer Schwartenhals,
Ich trink' und eſſ' ſo gerne."

Man führt mich in die Stuben ein,
Da bot man mir zu trinken,
Mein' Augen ließ ich umher geh'n,
Den Becher ließ ich ſinken.

Man ſetzt' mich oben an den Tiſch,
Als ich ein Kaufherr wäre,
Und da es an ein Zahlen ging,
Mein Seckel ſtand mir leere.

Da ich zu Nachts wollt' ſchlafen geh'n,
Man wies mich in die Scheuer,
Da ward mir armen Schwartenhals
Das Lachen viel zu theuer.

Und da ich in die Scheuer kam,
Da hub ich an zu niſten,
Da ſtachen mich die Hagedorn,
Dazu die rauhen Diſteln.

Da ich zu Morgens früh aufſtund,
Der Reif lag auf dem Dache,
Da mußt' ich armer Schwartenhals
Mein's Unglücks ſelber lachen.

Ich nahm mein Schwert wohl in die Hand,
Und gürt' es an die Seiten,
Ich Armer mußt zu Füßen geh'n,
Weil ich nicht hatt' zu reiten.

Ich hub mich auf und ging davon
Und macht' mich auf die Straßen,
Mir kam ein's reichen Kaufmanns Sohn,
Seine Tasch' mußt' er mir lassen.

Familienbild.

Mein Herr Maler, will er wohl
Uns abcouterfeien?
Mich, den reichen Bauern Troll,
Und mein Weib Mareien?

Jochen, meinen ältsten Sohn,
Meine Töchter kennt er schon,
Greten, Urseln, Trinen,
Haben hübsche Mienen.

Mal er mir das ganze Dorf
Und die Kirche drinnen,
Michel fährt ein Fuder Torf,
Viele Weiber spinnen;

Hart am Kirchhof liegt das Haus,
Wo wir gehen ein und aus,
Drauf steht: renovatum,
Nebst dem Jahr und Datum.

In der Kirch' muß Sonntag sein,
Wir communiciren.
Draußen pflügt mein Sohn am Rain
Mit vier starken Stieren.

Wie am Werktag mal er da
Und in voller Arbeit ja
Meine Töchter alle,
Occupirt im Stalle.

Bunte Farben lieb ich, traun!
Sonderlich das Rothe;
Mach er mich ein wenig braun,
Wie das Braun am Brote.

Meinem Weib, vergeß er's nicht,
Mal er ein kreidweiß Gesicht,
Unsern dreien Rangen
Kirschenrothe Wangen.

Spar' er ja die Farben nicht,
Handhoch aufgetragen!
Da er jetzt zween Thaler kriegt,
Hat er nicht zu klagen.

Auch die Tafel wird ja klein,
Nur zwölf Schuh breit soll sie sein.
Bald hätt' ich's vergessen,
Er kann bei uns essen.

Der Sänger Grünewald.

Das war ein schlimmer Handel,
Da war die Noth nicht klein,
Verpfändet war der Mantel,
Getrunken war der Wein.

Der Wirth, ein arger Dränger,
Borgt keinen Heller mehr,
Und Grünewald, der Sänger
Hat alle Taschen leer.

Er sinnt und ruft: „Gefunden!
Ihr Sorgen, gute Nacht!"
Und hat in trüben Stunden
Ein lustig Lied erdacht.

„Herr Fugger, ich muß reisen,
Ihr habt euch oft ergötzt
An meinen luſt'gen Weiſen,
Die beſte kommt zuletzt.“

Nun ſingt er von dem Handel
Und von dem ſchlimmen Wirth,
Und wie der arme Mantel
Zur Schenke ſich verirrt.

Dann ſingt er vom Herrn Fugger
Und preiſt den gnäd'gen Herrn,
Der für den armen Schlucker
Der letzte Hoffnungsſtern.

„Fürwahr, ein lust'ger Handel!"
Herr Fugger ruft's und lacht,
„Ein Lied für einen Mantel,
Das habt ihr schlau erdacht.

„Da nehmt, mein muntrer Sänger,
Und zahlt dem schlimmen Wirth,
Daß herrenlos nicht länger
Der arme Mantel irrt."

Ach, Gläubiger und Dränger
Giebt's noch ein ganzes Heer,
Doch für die armen Sänger
Giebt's keine Fugger mehr.

Die Stalllatern'.

Wer muß denn nur gestorben sein?
Was ist heut' Nacht dem Licht gescheh'n?
Die Fenster schau'n so traurig drein,
Man kann vor Dunkelheit kaum geh'n.
Zerbrochen ist, man sagt's nicht gern,
Die alte, gute Stalllatern'!

Sie leuchtete Jahr ein, Jahr aus,
Bei Sturm und Schnee mit seltnem Glanz
Vom Hof zum Stall, vom Stall zum Haus,
Sie leuchtete sogar zum Tanz.
Sie war ein Fabrikat aus Bern,
Die alte, gute Stallatern'.

An jedem Abend hat die Magd
Dem Knecht ein Licht darein gesteckt;
Der Wirth hat Tag's zuvor gesagt,
Um vier Uhr wird ein Gast geweckt.
Erloschen ist des Fuhrmanns Stern,
Die alte, gute Stallatern'.

Sie ging nicht aus, sie war noch auf,
Und kam ein Fremder noch so spät,
Sie sprach zum Hausknecht: spring und lauf,
Gieb acht, daß nichts in Brand geräth;
Halt auch von Wurf und Stößen fern
Die alte, gute Stallatern'.

Sie kannten Pferde, Gaiß' und Küh',
Sie schien auf Barren, Streu und Trog;
Im ganzen Wirthshaus war's nur sie,
Die niemals einen Gast betrog.
Die alte, gute Stallatern',
Sie ist dahin, gut Nacht, ihr Herrn!

Wächterruf.

Hört, ihr Herrn, und laßt euch sagen!
Die Glock' hat Zehn geschlagen,
Jetzt bet' und schlaf, das ist mein Rath
Und wer ein gut' Gewissen hat,
Schlaf sanft und wohl! Im Himmel wacht
Ein heiter Aug' die ganze Nacht.

Hört, ihr Herrn, und laßt euch sagen!
Die Glock' hat Elf geschlagen.
Und wer noch an der Arbeit schwitzt

Und wer noch bei den Karten sitzt,
Zum letztenmal ruf ich euch zu:
'S ist hohe Zeit — und schlaft in Ruh!

Hört, ihr Herrn, und laßt euch sagen!
Die Glock' hat Zwölf geschlagen.
Und wo noch in der Mitternacht
Ein Herz in Schmerz und Kummer wacht,
Gott geb' ihm Ruh' zu dieser Stund'
Und mach' es fröhlich und gesund!

Hört, ihr Herrn, und laßt euch sagen!
Die Glock' hat Eins geschlagen.
Und wo mit Satans Rath und List
Ein Dieb auf dunkeln Wegen ist,
Ich will's nicht hoffen, doch geschieht's,
Geh heim! der Richter droben sieht's.

Hört, ihr Herrn, und laßt euch sagen!
Die Glock' hat Zwei geschlagen.
Und wem schon wieder, eh's noch tagt,
Die schwere Sorg' am Herzen nagt:
Du armer Tropf, so quäl' dich nicht,
Gott sorgt! Er weiß, was dir gebricht.

Hört, ihr Herrn, und laßt euch sagen!
Die Glock' hat Drei geschlagen.
Die Morgenstund' am Himmel schwebt,
Und wer den Tag in Freud' erlebt,
Dank Gott und fasse frohen Muth!
Geh' an's Geschäft und halt' dich gut!

Arm und klein ist meine Hütte.

Arm und klein ist meine Hütte,
Aber Ruh' und Einigkeit
Wohnt in ihr, auf jedem Tritte
Folget die Zufriedenheit.

Laß die Liebe bei uns wohnen,
Die uns Blumenkränze flicht,
Dann beneiden wir die Kronen
Auch der größten Fürsten nicht.

Wenn mein Weibchen mir am Herzen
Heiter wie ein Engel liegt,
Und mit Spielen und mit Scherzen
Sich in meinen Armen wiegt.

Wenn die Silberquelle rauschet,
Vor der kleinen Hüttenthür,
Uns der Mond allein belauschet,
Gott, ach Gott, wie dank' ich dir!

Früh mit erstem Sonnenstrahle
Weckt mit einem Kuß sie mich,
Sitzt mit mir beim Morgenmahle,
Freut der lieben Sonne sich;

Eilet dann mit frohen Sinnen,
Von den Kindern froh umtanzt,
Und beginnt den Flachs zu spinnen,
Den ihr meine Hand gepflanzt.

Wie ist sie so frisch und fröhlich,
Wenn sie Mährchen vorerzählt.
Gott, wie ist der Mensch so selig,
Der sich nicht um Reichthum quält.

Arm und klein ist meine Hütte,
Doch ein Sitz der Einigkeit.

Gott, erfülle meine Bitte:
Laß mir nur Zufriedenheit.

Rudelsburg.

An der Saale hellem Strande
Stehen Burgen stolz und kühn;
Ihre Dächer sind zerfallen,
Und der Wind streicht durch die Hallen,
Wolken ziehen drüber hin.

Zwar die Ritter sind verschwunden,
Nimmer klingen Speer und Schild.
Doch dem Wandersmann erscheinen
Auf den altbemoosten Steinen
Oft Gestalten zart und mild.

Droben winken holde Augen,
Freundlich lacht manch' rother Mund.
Wandrer schaut wohl in die Ferne,
Schaut in holder Augen Sterne;
Herz ist heiter und gesund.

Und der Wandrer zieht von dannen,
Denn die Trennungsstunde ruft;
Und er singet Abschiedslieder,
Lebewohl tönt ihm hernieder,
Tücher wehen in der Luft.

Die Bewegung.

Und rauscht auch Alles umgedreht
Dem Untergange zu;
Der weise Mann am Wirbel steht
Gedankenvoll in Ruh'.
Die jetzt in wildem Schmerz sich dreh'n,
Die Wasser werden auferſteh'n.

In Thau und Flocken kehrt zum Quell
Die abgeſtorbne Fluth,
Entrieſelt, rinnt und ſtrömet hell
Mit friſchem Lebensmuth:
Gefild' und Au', von Segen ſchwer,
Und Städt' und Dörfer blüh'n umher.

Der aller Dinge Maß und Ziel
Zum Heil geordnet hat,
Durchſchauſt du ſeines Thuns Gewühl?
Warſt du in ſeinem Rath?
Der Sonn' und Mond im Gleis erhält,
Er weiß, wo jeder Tropfen fällt.

Er weiß, warum der Völker Schwall
So ungeſtüm ſich bäumt
Und Wog' an Wog' in Donnerhall
Aufbrandend toſt und ſchäumt;
Daß ſchwarz von Schlamme gähnt der Grund,
Und Trümmer rafft des Strudels Schlund.

Es ſtand der See, lang eingehemmt,
Und ſumpft in ödem Rohr;
Von Fäulniß grünt' er, halb verſchlämmt,
Und hauchte Peſt, und gohr.
Der Ordner ſah; ſein Engel kam;
Das Waſſer bebt, und brach der Damm.

Andenken des Wandsbecker Boten.

Der Bote ging in schlichtem Gewand,
Mit geschältem Stab in der biedern Hand,
Ging forschend wohl auf und forschend wohl ab,
Von der Wiege des Menschen bis an sein Grab.

Er sprach bei den Frommen gar freundlich ein,
Bat freundlich die Andern, auch fromm zu sein,
Und sah'n sie sein redliches ernstes Gesicht,
So zürnten auch selbst die Thoren ihm nicht.

Doch wußten nur Wenige, denen er hold,
Daß im hölzernen Stabe gediegenes Gold,
Daß heimliche Kraft in dem hölzernen Stab,
Zu erhellen mit Lichte des Himmels das Grab.

Nun ruhet er selbst in der kühligen Gruft,
Bis die Stimme des hehren Erweckers ihn ruft.
O, gönnet ihm Ruh' in dem heiligen Schrein
Und sammelt die Ernten des Säemanns ein!

Familiengemälde.

Großvater und Großmutter,
Die saßen im Gartenhag,
Es lächelte still ihr Antlitz
Wie sonniger Wintertag.

Die Arme verschlungen, ruhten
Ich und die Geliebte dabei,
Uns blühten und klangen die Herzen
Wie Blumenhaine im Mai.

Ein Bächlein rauschte vorüber
Mit plätscherndem Wanderlied;
Stumm zog das Gewölk am Himmel,
Bis unseren Blicken es schied.

Es raschelte von den Bäumen
Das Laub verwelkt und zerstreut,
Und schweigend an uns vorüber
Zog leisen Schrittes die Zeit.

Stumm blickte auf's junge Pärchen
Das alte stille Paar;
Des Lebens Doppelspiegel
Stand vor uns licht und wahr:

Sie sah'n uns an und dachten
Der schönen Vergangenheit;
Wir sah'n sie an und träumten
Von ferner, künft'ger Zeit.

Seliges Loos.

Sehr wohl auf dieser Erde fährt,
Wem Gott ein frommes Weib bescheert.
Sanft bringt er all sein Leben zu
In gutem Frieden, Lust und Ruh.

Wer sich mit Gott und Ehre dann
Auch Nahrung, wie er wünscht, gewann,
So daß er immer süßen Wein
Genießen kann, muß fröhlich sein.

Wer endlich fromm, so lang er lebt,
Nach Recht und Weisheit edel strebt,
Und sein Gewissen rein erhält,
Dem ist sehr wohl auf dieser Welt.

O wunderselig ist der Mann,
Der alle drei sich eignen kann,
Ein frommes Weib und süßen Wein,
Und ein Gewissen, gut und rein!

Wiegenlied.

Schlaf, Herzens-Söhnchen, mein Liebling bist du,
Schließe die blauen Guckängelein zu,
Alles ist ruhig, ist still wie im Grab,
Schlaf nur, ich wehre die Fliegen dir ab.

Jetzt noch, mein Püppchen, ist goldene Zeit,
Später, ach später ist nimmer wie heut';
Stellen einst Sorgen um's Lager sich her,
Herzchen, da schläft sich's so ruhig nicht mehr.

Engel vom Himmel, so lieblich wie du,
Schweben um's Bettchen und lächeln dir zu.
Später zwar steigen sie auch noch herab,
Aber sie trocknen nur Thränen dir ab.

Schlaf, Herzens-Söhnchen, und kommt gleich die Nacht,
Sitzt deine Mutter am Bettchen und wacht,
Sei es so spät auch und sei es so früh:
Mutterlieb', Herzchen, entschlummert doch nie.

Ein froher Morgen.

Wie oft, von rauher Luft gekränkt,
Den zarten Kelch ein Blümchen senkt,
Daß man, es sei gestorben, meint,
Und plötzlich wieder lustig steht
Auf wohlgepflegtem Gartenbeet,
Wenn mild die Sonne scheint:

So neigte gestern Abend gleich
Mein Kind sein Köpfchen krank und bleich,
Als wollt's für immer schlafen geh'n.
Und heut' nach einer bangen Nacht
Sitzt in dem Bett der Schelm und lacht,
Als wäre nichts gescheh'n.

Und selig drück' ich an mein Herz
Das liebe Kind, und all mein Schmerz

Und all mein banger Kummer schwand;
Und jubelnd preis' ich mein Geschick
Und danke Gott mit feuchtem Blick
Für seiner Gnade Pfand.

Schlummerlied.

Liebchen, laß dich küssen,
Liebchen, gute Nacht!
Wirst nun schlafen müssen,
Hast genug gewacht.
Nun schließ die Aeugelein;
Schlaf ein, mein Kind, schlaf ein!

Finstre Traumgestalten,
Bleibt vom Liebchen fern!
Gottes Engel walten
Um die Kindlein gern.
Fallt zu, ihr Aeugelein!
Und schlaf, mein Kind, schlaf ein!

Deine Wangengrübchen
Lächeln immer noch!
Aber schlafen, Liebchen,
Schlafen mußt du doch.
Fallt zu, ihr Aeugelein!
Schlaf, Liebchen, schlaf, schlaf ein!

Die Bilderbibel.

Du Freund aus Kindertagen,
Du brauner Foliant,
Oft für mich aufgeschlagen
Von meiner Lieben Hand;

Du, dessen Bildergaben
Mich Schauenden ergötzten,
Den spielvergess'nen Knaben
Nach Morgenland versetzten:

Du schobst für mich die Riegel
Von ferner Zone Pforten,

Ein kleiner, reiner Spiegel
Von dem, was funkelt dorten!

Dir Dank! durch dich begrüßte
Mein Aug' eine fremde Welt,
Sah Palm', Kameel und Wüste,
Und Hirt und Hirtenzelt.

Du brachtest sie mir näher,
Die Weisen und die Helden,
Wovon begeisterte Seher
Im Buch der Bücher melden;

Die Mädchen, schön und bräutlich,
So ihre Worte schildern,
Ich sah sie alle deutlich
In deinen feinen Bildern.

Der Patriarchen Leben,
Die Einfalt ihrer Sitte,
Wie Engel sie umschweben
Auf jedem ihrer Schritte,

Ihr Zieh'n und Heerdentränken,
Das hab' ich oft geseh'n,
Konnt' ich mit stillem Denken
Vor deinen Blättern steh'n.

Mir ist, als lägst du prangend
Dort auf dem Stuhle wieder;
Als beugt' ich mich verlangend
Zu deinen Bildern nieder;

Als stände, was vor Jahren
Mein Auge staunend sah,
In frischen, wunderbaren,
Erneuten Farben da;

Als säh' ich in grotesken,
Verworrenen Gestalten
Auf's Neue die Moresken,
Die bunten, mannigfalten,

Die jedes Bild umfaßten,
Bald Blumen, bald Gezweig,
Und zu dem Bilde paßten,
An sinniger Deutung reich!

Als trät' ich, wie vor Zeiten,
Zur Mutter bittend hin,
Daß sie mir sollte deuten
Jedweden Bildes Sinn.

Als lehrt' zu jedem Bilde
Sie Sprüche mich und Lieder,
Als schaute sanft und milde
Der Vater auf uns nieder.

O Zeit, du bist vergangen!
Ein Mährchen scheinst du mir!
Der Bilderbibel Prangen,
Das gläub'ge Aug' dafür,

Die theuren Eltern beide,
Der stillzufried'ne Sinn,
Der Kindheit Lust und Freude —
Alles dahin, dahin!

Mutterherz.

Ich höre trauern euch und klagen,
Daß kalt die Welt und liebeleer,
Und mitleidsvoll muß ich euch fragen:
Habt ihr denn keine Mutter mehr?

Habt ihr die Mutter schon vergessen,
Das treue Herz, d'ran ihr geruht,
Den Schooß, d'rin ihr so weich gesessen,
So sicher, wie in Gottes Hut?

Die Mutter seht mit süßem Schauern,
Die auf dem Arm ihr Kindlein trägt:

So lange wird die Liebe dauern,
So lang' ein Mutterherz noch schlägt!

O Mutterherz, du Born der Milde,
Du gottgeweihter, heil'ger Ort,
Haßt auch die Welt, die rauhe, wilde,
In dir weilt still die Liebe fort!

Gequält, gemartert und zerstochen,
Liebst du im herbsten Schmerze noch,
Vom Kinde frevelnd selbst gebrochen,
Im Brechen segnest du es doch!

Du lebst nur in des Kindes Leben,
Sonnst dich in seiner Freuden Glanz,
Sein Leiden nur macht dich erbeben,
Und deiner selbst vergißt du ganz.

Drum, hält euch Gram und Leid umfangen,
Seid eigner Schuld ihr euch bewußt,
So lehnt die thränenfeuchten Wangen
An eurer Mutter treue Brust.

Und ist die Mutter euch geschieden,
Weint ihr allein in finstrer Nacht,
O glaubt: ihr Herz ließ sie hienieden,
Es hält bei ihrem Kinde Wacht!

Auf ihre Hand.

Du treue Hand, die ohne Beben
Einst meiner Hand so fest vertraut,
Hast mit mir ein zerfallnes Leben,
Zu neuer Schönheit aufgebaut.

Du weiche Hand, in trüben Tagen
Hast du so freundlich mich gepflegt,
Liebreich gesorgt für mein Behagen
Und mir den Pfühl zurecht gelegt.

Du kluge Hand, die Melodieen,
Die mir die blühnde Lippe singt,
Begleitest du mit Harmonieen,
Daß voll das Lied zum Herzen dringt.

Du fromme Hand, in heil'gen Stunden
Hast du die meine sanft gedrückt,
Wenn uns die heiligste der Kunden,
Das theure Gotteswort erquickt.

Du fleiß'ge Hand, die nur zum Dienen
Von früh bis Abend froh bereit,
In dir ist mir das Bild erschienen
Der echten deutschen Weiblichkeit.

Drum schwärmt auch rastlos mein Gedanke,
Mein Lieb, um deine liebe Hand,
Ein Falter, den die Blüthenranke
In ihren Zauberkreis gebannt.

Familiengemälde.

An allem Ort und Ende
Soll der gesegnet sein,
Den Arbeit seiner Hände
Ernähret still und fein;

Gott will ihm dazu geben,
Ein Ehfrau tugendreich,
Die einer reichen Reben
Soll sich verhalten gleich.

Recht wie junge Oelzweige
Wachsen und grünen frisch,
So sollen in der Reihe
Die Kindlein um den Tisch
Gar fein und höflich stehen
In Zucht und guter Sitt',
Der Vater soll sie sehen
Im dritten und vierten Glied.

Altdeutsches Lied.

Ein fromme Magd in gutem Stand,
Geht ihrer Frauen fein zur Hand,
Hält Schüssel, Tisch und Teller weiß,
Zu ihrem und der Frauen Preis.

Sie trägt und bringt kein neue Mähr,
Geht still in ihrer Arbeit her,
Ist treu und eines keuschen Muths,
Und thut den Kindern alles Guts.

Sie ist auch munter, hurtig, frisch,
Verbringet ihr Geschäfte risch,
Und hält's der Frauen wohl zu gut,
Wenn sie um Schaden reden thut.

Sie hat dazu ein fein Geberd,
Hält alles sauber an dem Herd,
Verwahrt das Feuer und das Licht
Und schlummert in der Kirchen nicht.

Spinnt, ihr Mädchen, spinnet.

Spinnt, ihr Mädchen, spinnet, spinnet,
Daß ihr eure Kost gewinnet,
Spinnt den Flachs so fein wie Haar,
Spinnet ihn wie Spinnweb klar:
Die bekommt den besten Mann,
Die am besten spinnen kann.

Wenn das Rädchen nicht will gehen,
Muß man nach der Spuhle sehen,
Nicht zu viel hin nach dem Knab',
Daß der Faden nicht reißt ab:
Die bekommt den besten Mann,
Die am besten spinnen kann.

Wenn der Schlaf euch überfallet,
Müßt ihr singen, daß es schallet,
Wechseln Lieder, Mährchen auch,

Das ist alter Spinngebrauch:
Die bekommt den besten Mann,
Die am besten spinnen kann!

Gieb, blanker Bruder —

Gieb, blanker Bruder, gieb mir Wein,
Und lass' die Hand mich seh'n,
So wollen wir dir prophezeih'n,
Was sicher wird gescheh'n.

Merk' auf, es ist ein hohes Wort,
Und liegt viel Wahrheit d'rin:
Sind vierundzwanzig Stunden fort,
So ist ein Tag dahin.

Sobald es Nacht geworden ist,
Sind alle Katzen grau;
Und wenn der Mann sein' Gattin küßt,
So küßt er seine Frau.

Wenn in der Nuß das Kernchen fehlt,
Ist sie vermuthlich hohl;
Der, den das kalte Fieber quält,
Befindet sich nicht wohl.

Der dich um eine Wohlthat bat,
Der war ein armer Tropf;
Und wer den ganzen Ochsen hat,
Hat auch den Ochsenkopf.

Wo aus dem Hähnchen nichts mehr braust,
Ist oft ein leeres Faß,
Und wo ein Dieb was weggemaust,
Vermißt man meistens was.

Von Schüsseln, wo die Speise fehlt,
Wird leichtlich Keiner satt;
Und wer das Land zum Wohnsitz wählt,
Der wohnt nicht in der Stadt.

Wer vor der Nadelspitze flieht,
Bleibt nicht vor Degen steh'n;
Und wer den Affen ähnlich sieht,
Wird nie besonders schön.

Wer Heu genug im Stalle hat,
Dem wird die Kuh nicht mag'r;
Und wer ein' schöne Schwester hat,
Der kriegt bald einen Schwag'r!

Wenn du zum Spiegel dich bemühst,
Zeigt sich der erste Thor;
Der zweite, der nicht sichtbar ist,
Steht meistentheils davor.

Baust du von Brettern dir ein Haus,
So hast du keins von Stein;
Und ist des Sängers Liedchen aus,
Wird's wohl zu Ende sein.

Maiblumen.

Die weite Stadt auf nacktem Fuße
Durchwandert sie von Haus zu Haus
Und bietet scheu mit blödem Gruße
Des Lenzes liebste Kinder aus.

„Maiblumen kauft! kauft aus Erbarmen,
Auf Stroh der Vater sterbend liegt,
Die Mutter in den welken Armen
Ein schmachtend Kind in Thränen wiegt!“

Ist das des Frühlings erstes Grüßen,
Ein Weheschrei der bitt'ren Noth?
Sie feilscht mit seinem Duft, dem süßen,
Um einen Bissen trocken Brot.

Maiglöckchen, Perlen, die voll Liebe
Der Braut in's grüne Haar er flicht,
Wie, darum sproßten eure Triebe,
Daß ein verhungernd Kind sie bricht?

Und dieses Kind — die zarten Glieder,
Verhüllen schlechte Lumpen kaum,
Das blaue Auge spiegelt wieder
Des jungen Lenzes schönsten Traum,

Die Locke schließt mit goldnem Rahmen
Ein rührend Bild der Unschuld ein,
Und selber rufst du deinen Namen,
Du Maienblume, zart und rein!

Der Mutter Wangen, hohl und mager,
Verblichen in der dumpfen Luft,
Den Vater auf dem Sterbelager
Umwehest du mit frischem Duft,

Und wie vom Hauch des Abendwindes
Das Maienglöckchen leis' erklingt,
So tönt's um sie, wenn ihres Kindes
Gebet sich auf zum Himmel schwingt.

Du zarte, lenzentsproßte Blüthe,
Die Gott so hold und rein erschuf,
Daß treu sein Auge dich behüte,
Daß Mitleid wecke dir dein Ruf:

„Maiblumen kauft! kauft aus Erbarmen,
Auf Stroh der Vater sterbend liegt,
Die Mutter in den welken Armen
Ein schmachtend Kind in Thränen wiegt!"

Sehnsucht.

Ich denk' an euch, ihr himmlisch schönen Tage
Der seligen Vergangenheit!
Komm, Götterkind, o Phantasie, und trage
Mein sehnend Herz zu seiner Blüthezeit!

Umwehe mich, du schöner goldner Morgen,
Der mich herauf in's Leben trug,
Wo, unbekannt mit Thränen und mit Sorgen,
Mein frohes Herz der Welt entgegenschlug!

Umglänze mich, du Unschuld früher Jahre,
Du mein verlornes Paradies!
Du süße Hoffnung, die mir bis zur Bahre
Nur Sonnenschein und Blumenwege wies!

Seid noch einmal an's treue Herz geschlossen,
Ihr Freunde meiner Jugendzeit!
Wo seid ihr hin, ihr traulichen Genossen,
Ihr Lieben, die sich sonst mit mir gefreut?

Ach! Viele schon hält tiefe Nacht umfangen!
Sie schlummern in der Mutter Arm!
Blüht wieder auf, ihr eingesunknen Wangen!
Ihr kalten Herzen, werdet wieder warm!

Umsonst! umsonst! mein Sehnen ruft vergebens
Erstorb'ne Freuden wieder wach;
Sie welken schnell die Blumen unsres Lebens
Und wir — wir welken ihnen langsam nach!

O schönes Land, wo Blumen wieder blühen,
Die Zeit und Grab hier abgepflückt!
O schönes Land, in das die Herzen ziehen,
Die sehnsuchsvoll zu dir emporgeblickt!

Uns Allen ist ein schwerer Traum beschieden;
Wir alle wachen fröhlich auf!
Wie sehn' ich mich nach deinem Gottesfrieden,
Du Ruheland, nach deinem Sabbath auf!

Lebenspflichten.

Rosen auf den Weg gestreut,
Und des Harms vergessen!
Eine kurze Spanne Zeit
Ist uns zugemessen.

Heute hüpft im Frühlingstanz
Noch der frohe Knabe;
Morgen weht der Todtenkranz
Schon auf seinem Grabe.

Wonne führt die junge Braut
Heute zum Altare,
Eh' die Abendwolke thaut,
Ruht sie auf der Bahre.

Gebt den Harm und Grillenfang,
Gebet ihn den Winden;
Ruht bei hellem Becherklang
Unter grünen Linden.

Lasset keine Nachtigall
Unbehorcht verstummen,
Keine Bien' im Frühlingsthal
Unbelauscht entsummen.

Schmeckt, so lang' es Gott erlaubt,
Kuß und süße Trauben;
Bis der Tod, der Alles raubt,
Kommt, auch sie zu rauben.

Unserm schlummernden Gebein,
Von dem Tod umdüstert,
Duftet nicht der Rosenhain,
Der am Grabe flüstert;

Tönet nicht der Wonneklang
Angestoßner Becher,
Noch der frische Rundgesang
Weinbelaubter Zecher.

Ruhe sanft in deiner —

Ruhe sanft in deiner Todeshöhle,
Theure Asche eines Redlichen,
Gottes Friede sei mit deiner Seele,
Der nun Engel, Engel huldigen.

Ausgeleert hast du den Kelch der Leiden,
Wohlgekämpfet deinen letzten Streit!
Jetzt genießt dein Geist erhabne Freuden,
Freu' dich, Theurer, deiner Seligkeit.

O dein Bild soll stets, so lang die Erde
Uns noch trägt, vor unsrer Seele steh'n,
Daß das Herz, fromm wie das deine, werde,
Hoffnungswerth für sel'ges Wiederseh'n.

Das Kind am Grabe der Mutter.

Schläfst sanft in deinem Kämmerlein,
Schläfst tief in süßer Ruh,
Ach Mutter! liebste Mutter mein,
Laß mich doch auch in's Kämmerlein!
Ach, schließe doch nicht zu.

Ich möchte ja so gern bei dir,
Dein Kindlein wieder sein,
Ist gar zu kalt und stürmisch hier,
Bei dir ist's warm, 's ist still bei dir,
Ach, laß mich, laß mich ein.

Nahmst sonst so gern mich zu dir hin,
Reichtst mir so gern die Hand;
Ach sieh, wie ich verlassen bin,
Nimm mich doch diesmal auch mit hin
In's schöne Himmelsland.

Friede sei um diesen —

Friede sei um diesen Grabstein her,
Sanfter Friede Gottes!
Ach, sie haben einen guten Mann begraben,
Und mir, mir war er mehr!
Träufte mir von Segen dieser Mann,
Wie ein milder Stern aus bessern Welten,
Und ich kann's ihm nicht vergelten,
Was er mir gethan.
Er entschlief, sie gruben ihn hier ein.

Leiser, süßer Trost von Gott gegeben,
Und ein Ahnen von dem ew'gen Leben
Duft' um sein Gebein.
Bis ihn Jesus Christus, groß und hehr,
Freundlich wird erwecken:
Ach, sie haben einen guten Mann begraben,
Und mir, mir war er mehr!

Macht der Thränen.

Es kam von einer Neustadt her
Ein' Wittfrau sehr betrübet;
Es war gestorb'n ihr liebes Kind,
Das sie von Herzen geliebet.

Sie ging einmal in's Feld hinaus,
Ihr' Traurigkeit zu lindern.
Da kam das liebe Jesulein
Mit so viel weißen Kindern.

Mit weißen Kleidern angethan,
Mit Himmelsglanz verkläret,
Mit einer schönen Ehrenkron'
War'n diese Kinder gezieret.

Und als die Mutter ihr Kind erblickt,
Schnell that sie zu ihm laufen:
Was machst du hier, mein liebes Kind,
Daß du nicht bist bei'm Haufen?

„Ach Mutter, liebste Mutter mein,
Die Freud' muß ich entbehren,
Hier hab' ich einen sehr großen Krug,
Muß sammeln eure Thränen.

Habt ihr zu weinen aufgehört,
Vergessen eure Schmerzen,
So find' ich Ruh in dieser Erd',
Das freute mich von Herzen."

Es wollt' ein Knäblein —

Es wollt' ein Knäblein in den Wald
Gar munter und geschwind;
Die Mutter sprach: komm wieder bald,
Und nasche nicht Beeren, mein Kind!

Da sprang das Knäblein fort und fort
Und trieb sein lustiges Spiel,
Gedachte nicht der Mutter Wort,
Und naschte der Beeren gar viel.

Und als die dunkle Nacht begann,
Da schlich es müd' nach Haus;
Die Mutter sprach: Was hast du gethan?
Du siehst ja so kümmerlich aus!

Da ward vor Schreck die Mutter bleich,
Und wandte hinweg ihr Gesicht;
Doch barg sie die Furcht und lächelte gleich:
Waldmännchen, Kind, giebt es ja nicht.

Das Knäblein sagt: „Wie sollt' es sein?
Ich bin ja frisch und gesund;
Waldmännchen hat Kirschen ohne Stein,
Die schmeckten so süß mir im Mund.

Nicht schlief die Mutter die lange Nacht,
Wach hielt sie Kummer und Harm;
Und als am Morgen der Tag erwacht,
Hielt todt sie den Knaben im Arm."

Der todte Müller.

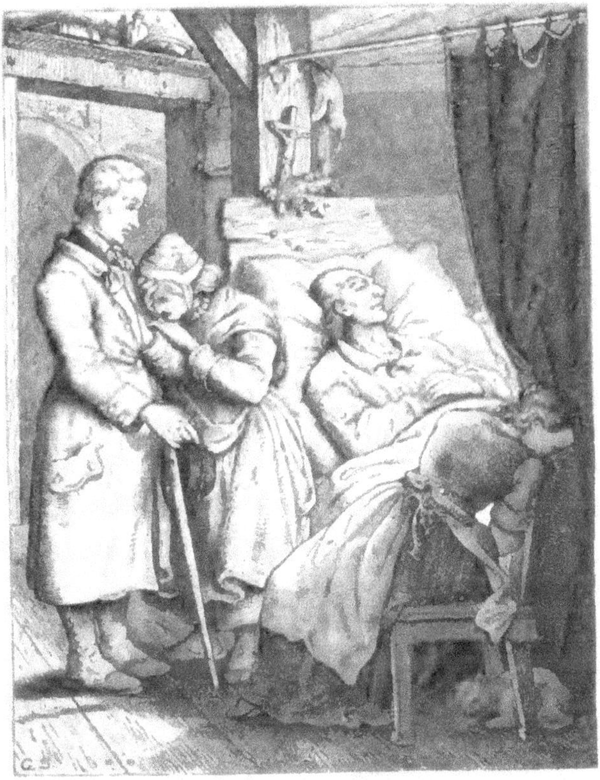

Die Sterne über'm Thale steh'n,
Das Mühlrad nur man höret.
Zum kranken Müller muß ich geh'n,
Er hat den Freund begehret.

Ich steig' hinab den Felsenstein,
Es donnert dumpf die Mühle,
Und eine Glocke tönt darein:
„Die Arbeit ist am Ziele!“

In Müllers Kammer tret' ich nun:
Starr liegt des Greisen Hülle,
Es stockt sein Herz, die Pulse ruh'n
Und draußen auch wird's stille.

Die treuen Lieben weinen sehr,
Still bleibt sein Herz und kühle;
Die Wasser fließen wohl daher,
Still aber steht die Mühle.

Dort sinket die Sonne —

Dort sinket die Sonne in Westen
Umflossen vom goldenen Schein,
Bald birgt sie sich hinter den Aesten,
Bald hinter dem blühenden Hain!

Die Glocken der Dörfer erschallen,
Verkündend erquickende Ruh',
Und läutende Heerden, sie wallen
Dem schützenden Dache nun zu.

Der Landmann verläßt die Gefilde,
Und Schweigen bedeckt die Natur,
Die Lüfte umwehen mit Milde
Erfrischend die blühende Flur.

So ruhig, so heiter, so labend,
Dies Eine nur fleh' ich von dir,
O Schicksal, so dämm're mein Abend,
So ruhig erschein' er einst mir.

Was kann schöner sein.

Was kann schöner sein,
Was kann mehr erfreu'n,
Als ein Abend in den Lenzen?
Wenn der Blumenduft
Rings erfüllt die Luft,
Und die Abendwolken glänzen;

Wenn die Vöglein brütend girren
Und am See die Mücken schwirren;
Wenn die Bienelein
Mit dem Honigseim
Wohl beschwert nach Hause irren.

Dann geht man hinaus,
Läßt zurück das Haus,
Setzt sich auf den weichen Rasen;
Hört den süßen Schall
Von der Nachtigall
Und der Hirtenflöte Blasen.
Auch der Frösche Lenzgesänge
Schallen aus dem Schilf in Menge;
Fröhlich ist ihr Muth,
Aufgethaut ihr Blut
Nach des langen Winters Strenge.

Sinkt die Nacht alsdann,
Gehet Jedermann
Ungern aus der Freunde Mitte,
Weil des Himmels Zelt
Besser ihm gefällt
Als sein Dach und seine Hütte.
Doch die Zeit ist hingeflogen
Und der Mond heraufgezogen
Sammt den Sternelein,
Welche groß und klein
Glänzen an dem Himmelsbogen.

Wie schön ist der Wechsel.

Wie schön ist der Wechsel der Zeiten,
Ihr Lieben, im wandelnden Jahr!
Wie herrliche Freuden bereiten
Und bringen dem Menschen sie dar!

Der Frühling schenkt Wonne und Leben
Der wieder erwachten Natur;
Es grünen die Bäume, die Reben,
Die Saaten, die Wiesen, die Flur.

Der Sommer mit heißeren Tagen
Reift, was ihm der Frühling gebar,
Und bringt, wenn ermattet wir klagen,
Sanft kühlende Früchte uns dar.

Den letzten erfreulichen Segen
Gewährt uns die herbstliche Zeit,
Dann reift uns die Traube entgegen,
Das Herz zu erquicken bereit.

Und schüttelt vom kalten Gefieder
Der Winter uns Schnee auf die Flur,
So schlägt uns das Stürmen nicht nieder,
Sein Eislauf ergötzet uns nur.

Drum lieb' ich den Wechsel der Zeiten,
Ihr Brüder, im wandelnden Jahr;
Wie herrliche Freuden bereiten
Und bringen dem Menschen sie dar!

Wie reizend, wie wonnig —

Wie reizend, wie wonnig ist Alles umher!
Am Hügel wie sonnig, wie schattig am Wehr!
Dort spiegeln sich Erlen im blauen Krystall;
Hier wiegen sich Schmerlen im tosenden Fall.

Wie grünet die Aue so lieblich und mild!
Wie pranget im Thaue das Blumengefild!
Schon kleidet die Beere sich würzig in Roth;
Schon schwillet die Aehre des Segens zu Brot.

Der Birkenbusch wanket am flüsternden Hain;
Die Brombeer' umranket das Felsengestein.
Die Bienen besummen die Matten entlang;
Die Frösche verstummen den Lerchengesang.

Wie wonnig ist Alles! wie Alles so hehr!
Das Rauschen des Falles, der Schatten am Wehr!
All überall bieten sich Freuden uns an,
Zu schmücken hienieden die irdische Bahn.

Abendlied.

Abend wird es wieder,
Ueber Wald und Feld
Säuselt Frieden nieder,
Und es ruht die Welt.

Nur der Bach ergießet
Sich am Felsen dort,
Und er braust und fließet
Immer, immerfort.

Und kein Abend bringet
Frieden ihm und Ruh,
Keine Glocke klinget
Ihm ein Rastlied zu.

So in deinem Streben
Bist mein Herz auch du,
Gott nur kann dir geben
Wahre Abendruh.

Nacht.

Wie hast du mich so müde gemacht,
O Tag mit deiner leuchtenden Pracht,
Mit deiner Farben buntem Schein,
Mit deinen rauschenden Melodein!
Willkommen, o Nacht, nun decke du
Die Erde mit deinem Schleier zu.

Im Walde.

Kommt, laßt uns geh'n spazieren
Durch den viel grünen Wald;
Die Vöglein musiciren,
Daß Berg und Thal erschallt.

Wohl dem, der frei kann singen,
Wie du, du Volk der Luft,
Und seine Stimme schwingen
Zu dem, auf den er hofft.

O wohl dem, der frei lebet,
Wie du, du leichte Schaar,
In Trost und Frieden schwebet
Und außer aller Fahr!

Die Luft ist blau —

Die Luft ist blau, das Thal ist grün,
Die kleinen Maienglocken blüh'n,
Und Schlüsselblumen drunter;
Der Wiesengrund ist schon so bunt,
Und malt sich täglich bunter.

Drum komme, wem der Mai gefällt,
Und freue sich der schönen Welt,
Und Gottes Vatergüte,
Die solche Pracht hervorgebracht,
Den Baum und seine Blüthe!

Sonntags am Rhein.

Des Sonntags in der Morgenstund',
Wie wandert's sich so schön
Am Rhein, wenn rings in weiter Rund'
Die Morgenglocken geh'n.

Ein Schifflein zieht auf blauer Fluth,
Da singt's und jubelt's d'rein;
Du Schifflein, gelt, das fährt sich gut
In all' die Lust hinein?

Vom Dorfe hallet Orgelton,
Es tönt ein frommes Lied,
Andächtig dort die Procession
Aus der Kapelle zieht.

Und ernst in all' die Herrlichkeit
Die Burg herniederschaut,
Und spricht von alter, guter Zeit,
Die auf den Fels gebaut.

Das Alles beut der prächt'ge Rhein
An seinem Rebenstrand,
Und spiegelt recht im hellsten Schein
Das ganze Vaterland.

Das fromme, treue Vaterland,
In seiner vollen Pracht,
Mit Lust und Liedern allerhand
Vom lieben Gott bedacht.

Der Mai ist auf dem Wege.

Der Mai ist auf dem Wege,
Der Mai ist vor der Thür:
Im Garten, auf der Wiese,
Ihr Blümlein, kommt herfür!

Da hab' ich den Stab genommen,
Da hab' ich das Bündel geschnürt,
Zieh' weiter und immer weiter,
Wohin die Straße mich führt.

Und über mir ziehen die Vögel,
Sie ziehen in lustigen Reih'n;
Sie zwitschern und trillern und flöten,
Als ging's in den Himmel hinein.

Der Wandrer geht alleine,
Geht schweigend seinen Gang;
Das Bündel will ihn drücken,
Der Weg wird ihm zu lang.

Ja, wenn wir allzusammen
So zögen in's Land hinein!
Und wenn auch das nicht wäre,
Könnt' Eine nur mit mir sein!

Offenes Geheimniß.

Die blauen Frühlingsaugen
Schau'n aus dem Gras hervor;
Das sind die lieben Veilchen,
Die ich zum Strauß erkor.

Ich pflücke sie und denke,
Und die Gedanken all,
Die mir im Herzen seufzen,
Singt laut die Nachtigall.

Ja, was ich denke, singt sie
Lautschmetternd, daß es schallt;
Mein zärtliches Geheimniß
Weiß schon der ganze Wald.

Sonntagsfrühe.

Aus den Thälern hör' ich schallen
Glockentöne, Festgesänge,
Helle Sonnenblicke fallen
Durch die dunklen Buchengänge,
Himmel ist von Glanz umflossen,
Heil'ger Friede rings ergossen.

Durch die Felder still beglücket
Wallen Menschen allerwegen;
Frohen Kindern gleich geschmücket,
Geh'n dem Vater sie entgegen,
Der auf goldner Saaten Wogen
Segnend kommt durch's Land gezogen.

Wie so still die Bäche gleiten,
Wie so licht die Blumen blinken!
Und aus längst entschwundnen Zeiten
Zieht ein Grüßen her, ein Winken —
Wie ein Kindlein muß ich fühlen,
Wie ein Kindlein muß ich spielen.

Auf des Berges —

Auf des Berges höchster Stelle
Stehet friedlich die Kapelle,
Winket weit mit frommen Gruße
In die Thale längs dem Flusse.

Auf den mächt'gen Felsenhöhen
Bleibt der Wandrer sinnend stehen,
Nach der Heimath still zurücke
Suchen sich den Weg die Blicke,

Geh'n zur Fremde still befangen,
Halb voll Hoffen, halb voll Bangen.
Dünkt mich doch, auf meinen Bahnen
Soll mich hier das Kirchlein mahnen,
Andachtsvoll hineinzutreten
Und in Demuth dort zu beten:
Heim den Meinen reichen Segen,
Heil für mich auf fremden Wegen!

Früh morgens.

Ich weiß nicht, säuselt in den Bäumen
Des Frühlings Zauberlied zu Nacht?
Aus unerklärlich holden Träumen
Bin früh und frisch ich heut erwacht.

Der Morgen weht mit goldner Schwinge
Mir um die Stirn den kühlen Schein,
Noch möcht' ich rasten, doch ich singe
Mein Herz ist wie der Himmel rein.

In süßen Schauern rührt sich wieder
Was je geblüht in meiner Brust,
Und alte Liebe, junge Lieder
Empfind' ich in vereinter Lust.

So wie der Schwan, der seine Bogen
Auf blauem Wasser kreisend zieht,
Zugleich im Spiegelglanz der Wogen
Den Himmel mit den Sternen sieht.

Herbstlich sonnige Tage.

Herbstlich sonnige Tage
Mir beschieden zur Lust,
Euch mit leiserem Schlage
Grüßt die athmende Brust.

O wie waltet die Stunde
Nun in seliger Ruh!
Jede schmerzende Wunde
Schließet leise sich zu.

Nur zu rasten, zu lieben,
Still an sich selber zu bau'n
Fühlt sich die Seele getrieben,
Und mit Liebe zu schau'n.

Und so schreit' ich im Thale
In den Bergen, am Bach,
Jedem segnenden Strahle,
Jedem verzehrenden nach.

Jedem leisen Verfärben
Lausch' ich mit stillem Bemüh'n,
Jedem Wachsen und Sterben,
Jedem Welken und Blüh'n.

Selig lern' ich es spüren,
Wie die Schöpfung entlang
Geist und Welt sich berühren
Zu harmonischem Klang.

Was da webet im Ringe,
Was da blüht auf der Flur,
Sinnbild ewiger Dinge
Ist's dem Schauenden nur.

Jede sprossende Pflanze,
Die mit Düften sich füllt,
Trägt im Kelche das ganze
Weltgeheimniß verhüllt.

Schweigend blickt's aus der Klippe,
Spricht im Quellengebraus,
Doch mit heiliger Lippe
Deutet die Muf' es aus.

Rose, wie bist du —

Rose, wie bist du reizend und mild,
Du bist der Unschuld liebliches Bild;
Du, die zur Gabe ich mir erkor,
Lächelst aus Dornen freundlich hervor.

Rose, du trinkest himmlischen Thau,
Schmückest den Busen, Garten und Au,
Sendest noch sterbend Düfte uns zu,
Rose, du Holde! Rose, du Holde!
Leben und sterben will ich wie du.

Rosenlied.

Nun ich komm zu dir gegangen
Mein Verlangen, Rosenwald!
Rosenwald, du mein Verlangen,
Meiner Blumen liebster Halt!
Also sprach ich, ohne Warten
Eilend zu dem Rosengarten.

Rosen! rief ich durch die Wälder:
Rosen! sprach der Widerhall.
Alle Berge, Büsch' und Felder
Schallten ob der Stimme Fall.
Ich erdacht', ihr Hirtenbrüder!
Bei den Rosen Rosenlieder.

Selten mag man sonder Stechen,
Ob man schon die Finger spitzt,
Purpurrothe Rosen brechen,
Zeitlich wird man wund geritzt;
Also haßt des Neiders Neiden,
Unsre schönsten güldnen Freuden.

Mir soll Niemand untersagen,
In dem deutschen Dichterstreit
Einen Rosenkranz zu tragen
Rosen in der Winterszeit
Aufzusparen unversehret,
Hat ein Kaiser selbst gelehret.

Zier der Erden, Lust des Lenzen,
Rose, schöne Felderkron,
Blumenaug', der Wälder Glänzen,
Frühlingsbotin, Liebeslohn!
Deiner Blätter rothe Wangen
Stillen all' mein süß Verlangen.

Der Mond ist aufgegangen,
Die goldnen Sternlein prangen
Am Himmel hell und klar;
Der Wald steht schwarz und schweiget,
Und aus den Wiesen steiget
Der weiße Nebel wunderbar.

Wie ist die Welt so stille,
Und in der Dämm'rung Hülle
So traulich und so hold,
Als eine stille Kammer,
Wo ihr des Tages Jammer
Verschlafen und vergessen sollt.

Seht ihr den Mond dort stehen?
Er ist nur halb zu sehen,
Und ist doch rund und schön!
So sind wohl manche Sachen,
Die wir getrost verlachen,
Weil unsre Augen sie nicht seh'n.

Wir stolzen Menschenkinder
Sind doch recht arme Sünder
Und wissen gar nicht viel,
Wir spinnen Luftgespinnste
Und suchen viele Künste
Und kommen weiter von dem Ziel.

Gott, laß dein Heil uns schauen,
Auf nichts Vergänglich's bauen,
Nicht Eitelkeit uns freu'n!
Laß uns einfältig werden,
Und vor dir hier auf Erden
Wie Kinder fromm und fröhlich sein.

Wollst endlich sonder Grämen
Aus dieser Welt uns nehmen
Durch einen sanften Tod!
Und wenn du uns genommen,
Laß uns in Himmel kommen,
Du lieber, treuer, frommer Gott!

So legt euch denn, ihr Brüder!
In Gottes Namen nieder,
Kühl ist der Abendhauch.
Verschon' uns, Gott, mit Strafen
Und laß uns ruhig schlafen,
Und unsern kranken Nachbar auch!

Abendlied.

Bald ist es wieder Nacht,
Mein Bettlein ist gemacht.
D'rein will ich mich legen,
Wohl mit Gottes Segen,
Weil er die ganze Nacht
Gar treulich mich bewacht.

Dann schlaf' ich ruhig ein,
Gar sicher kann ich sein;
Vom Himmel geschwinde
Kommen Engelein linde
Und decken still mich zu,
Und schützen meine Ruh'!

Und wird's dann wieder hell,
Dann wecken sie mich schnell.
Dann spring' ich so munter
Vom Bettlein herunter.
Hab' Dank, Gott Vater du!
Ihr Engelein auch dazu!

Abendgebet.

Müde bin ich, geh' zur Ruh',
Schließe beide Aeuglein zu:
Vater, laß die Augen dein
Ueber meinem Bette sein.

Hab' ich Unrecht heut' gethan,
Sieh es, lieber Gott, nicht an.
Deine Gnad' und Jesu Blut
Macht ja allen Schaden gut.

Alle, die mir sind verwandt,
Gott, laß ruh'n in deiner Hand.
Alle Menschen, groß und klein,
Sollen dir befohlen sein.

Kranken Herzen sende Ruh',
Nasse Augen schließe zu;
Laß den Mond am Himmel steh'n
Und die stille Welt beseh'n.

Führung.

Auf deiner Fahrt in's bunte Leben,
Sprich, gehst du auch die rechte Bahn?
Wohl mag es viele Wege geben,
Doch führt uns jeder himmelan?

Verhüllt der Nebel mir die Sterne?
Wallt dort ein stiller, grüner See?
O, wie verworren liegt die Ferne
Dem trüben Blick, mit dem ich seh'!

Sind's Irrwischflammen, die dort blinken?
Ist es ein gastlich Lampenlicht,
Zum Herde freundlich mir zu winken?
O Herr, das Alles weiß ich nicht!

Und doch vertrau' ich diesem Pfade,
Denn du beschirmest ja mein Boot!
Mein Ruder senk' ich — Herr, die Gnade
Verläßt mich nicht in Nacht und Noth.

Schon seh' ich's fern im Osten flammen,
Schon glüht's wie heller Morgenschein —
Ich nehme frisch die Kraft zusammen
Und fahr' in's gold'ne Licht hinein!

Winterrose.

Es ist ein' Ros' entsprungen
Aus einer Wurzel zart,
Wie uns die Alten sungen,
Von Jesse kam die Art;
Und hat ein Blümlein bracht
Mitten im kalten Winter
Wohl zu der halben Nacht.

Das Röslein, das ich meine,
Davon Esaias sagt,
Hat uns gebracht alleine
Marie, die reine Magd:
Aus Gottes ew'gem Rath
Hat sie ein Kind geboren
Wohl zu der halben Nacht.

Offenbarung.

Der allein nur lernt verstehen
Deines Geistes stilles Wehen,
Der dein heilig Lebenswort
Trägt im Herzen fort und fort.

Wo er immer auch mag sein,
Lauscht er still in sich hinein,
Räthsel noch so wunderbar
Macht dein Geist ihm offenbar.

David.

Ich war der kleinste meiner Brüder
Und meines Vaters jüngster Sohn,
Ich stellte kühn mich dem zuwider,
Vor dem ein Schäflein läuft davon:
Ich mußte meinem Vater sein
Ein Hüter seiner Lämmerlein.

Hierbei hab' ich mir eingerichtet
Ein Harfenspiel mit meiner Hand
Und meinem Gott ein Buch gedichtet;
Wer aber macht es ihm bekannt?
Wer saget meinem Herrn es an,
Daß ich die Psalter harfen kann?

Du selber, Herr! hast mich gehöret,
Was meiner Saiten Spiel vermag
Und was mich deine Furcht gelehret,
Als ich bei deinen Schafen lag,
Um dieses hast du mich gebracht
Und dann zum König mich gemacht.

Ob ich von meinen Brüdern allen
Der Kleinste gleich gewesen bin,
So hat doch keiner dir gefallen,
Als ich nur, David, war dir fein,
Ich mußte von den Schafen geh'n
Und unter einer Krone steh'n.

Auf Wiedersehen!

Es ist bestimmt in Gottes Rath,
Daß man vom Liebsten, was man hat,
Muß scheiden.
Wie wohl doch nichts im Lauf der Welt
Dem Herzen ach so sauer fällt,
Als Scheiden! ja Scheiden!

So dir geschenkt ein Knösplein was,
So thu' es in ein Wasserglas,
Doch wisse:
Blüht morgen dir ein Röslein auf,
Es welkt wohl schon die Nacht darauf,
Das wisse! ja wisse!

Und hat dir Gott ein Lieb bescheert,
Und hältst du sie recht innig werth
Die Deine:

Es wird nur wenig Zeit wohl sein,
Da läßt sie dich so gar allein,
Dann weine! ja weine!

Nun mußt du mich auch recht versteh'n,
Ja recht versteh'n:
Wenn Menschen auseinander geh'n,
So sagen sie:
Auf Wiederseh'n! auf Wiederseh'n!

Die Kapelle.

Droben stehet die Kapelle,
Schauet in das Thal hinab;
Drunten singt bei Wief' und Quelle
Froh und hell der Hirtenknab'.

Traurig tönt das Glöcklein nieder,
Schauerlich der Leichenchor!
Stille sind die frohen Lieder,
Und der Knabe lauscht empor.

Droben bringt man sie zu Grabe,
Die sich freuten in dem Thal;
Hirtenknabe! Hirtenknabe!
Dir auch singt man dort einmal.

Trost und Hoffnung.

Mag auch die Liebe weinen!
Es kommt ein Tag des Herrn;
Es muß ein Morgenstern
Nach dunkler Nacht erscheinen!

Mag auch der Glaube zagen!
Ein Tag des Lichtes naht;
Zur Heimath führt sein Pfad.
Aus Dämm'rung muß es tagen!

Mag Hoffnung auch erschrecken,
Mag jauchzen Grab und Tod!
Es muß ein Morgenroth
Den Schlummernden einst wecken!

Trost in Gott.

Wer einsam sitzt in seiner Kammer,
Und schwere, bitt're Thränen weint,
Wem nur gefärbt von Noth und Jammer
Die Nachbarschaft umher erscheint;

Wer in das Bild vergang'ner Zeiten
Wie tief in einen Abgrund sieht,
In welchen ihn von allen Seiten
Ein süßes Weh hinunter zieht;

Es ist, als lägen Wunderschätze
Da unten für ihn aufgehäuft,
Nach deren Schloß in wilder Hetze
Mit athemloser Brust er greift.

Die Zukunft liegt in öder Dürre
Entsetzlich lang und bang vor ihm,
Er schweift umher, allein und irre,
Und sucht sich selbst mit Ungestüm.

Ich fall' ihm weinend in die Arme:
Auch mir war einst, wie dir zu Muth,
Doch ich genaß von meinem Harme,
Und weiß nun, wo man ewig ruht.

Dich muß, wie mich, ein Wesen trösten:
Das innig liebte, litt und starb;
Das selbst für die, die ihm am wehsten
Gethan, mit tausend Freuden starb.

Er starb, und dennoch alle Tage
Vernimmst du seine Lieb' und ihn,
Und kannst getrost in jeder Lage
Ihn zärtlich in die Arme zieh'n.

Mit ihm kommt neues Blut und Leben
In dein erstorbenes Gebein!
Und wenn du ihm dein Herz gegeben,
So ist auch seines ewig dein.

Was du verlorst, hat er gefunden;
Du triffst bei ihm, was du geliebt:
Und ewig bleibt mit dir verbunden,
Was seine Hand dir wiedergiebt.

Lied der Kreuzfahrer.

Das Grab steht unter wilden Heiden;
Das Grab, worin der Heiland lag,
Muß Frevel und Verspottung leiden
Und wird entheiligt jeden Tag.
Es klagt heraus mit dumpfer Stimme:
Wer rettet mich von diesem Grimme!

Wo bleiben seine Heldenjünger?
Verschwunden ist die Christenheit!
Wer ist des Glaubens Wiederbringer?
Wer nimmt das Kreuz in dieser Zeit?
Wer bricht die schimpflichsten der Ketten,
Und wird das heil'ge Grab erretten?

Gewaltig geht auf Land und Meeren
In tiefster Nacht ein heil'ger Sturm;
Die trägen Schläfer aufzustören,
Umbraust er Lager, Stadt und Thurm,
Ein Klaggeschrei um alle Zinnen:
Auf, träge Christen, zieht von hinnen!

Es lassen Engel aller Orten
Mit ernstem Antlitz stumm sich seh'n,
Und Pilger sieht man vor den Pforten
Mit kummervollen Wangen steh'n;
Sie klagen mit den bängsten Tönen
Die Grausamkeit der Sarazenen.

Es bricht ein Morgen, roth und trübe,
Im weiten Land der Christen an.
Der Schmerz der Wehmuth und der Liebe
Verkündet sich bei Jedermann.
Ein jedes greift nach Kreuz und Schwerte
Und zieht entflammt von seinem Heerde.

Ein Feuereifer tobt im Heere,
Das Grab des Heilands zu befrei'n.
Sie eilen fröhlich nach dem Meere,
Um bald auf heil'gem Grund zu sein.
Auch Kinder kommen noch gelaufen
Und mehren den geweihten Haufen.

Hoch weht das Kreuz im Siegspaniere,
Und alte Helden steh'n voran,
Des Paradieses sel'ge Thüre
Wird frommen Kriegern aufgethan;
Ein jeder will das Glück genießen
Sein Blut für Christus zu vergießen.

Zum Kampf, ihr Christen! Gottes Schaaren
Zieh'n mit in das gelobte Land,
Bald wird der Heiden Grimm erfahren
Des Christengottes Schreckenshand.
Wir waschen bald mit frohem Muthe
Das heil'ge Grab mit Heidenblute.

Die heil'ge Jungfrau schwebt, getragen
Von Engeln, ob der wilden Schlacht,
Wo jeder, den das Schwert geschlagen,
In ihrem Mutterarm erwacht.
Sie neigt sich mit verklärter Wange
Herunter zu dem Waffenklange.

Hinüber zu der heil'gen Stätte!
Des Grabes dumpfe Stimme tönt!
Bald wird mit Sieg und mit Gebete
Die Schuld der Christenheit versöhnt!
Das Reich der Heiden wird sich enden,
Ist erst das Grab in unsern Händen.

Frühe Vollendung.

Singe leise,
Sanfte Weise,
Aus der Brust hervor!
Lüftchen, trage
Meine Klage
Durch des Friedhofs Thor!

Ach, hier haben
Sie begraben,
Was, wie Morgenroth,
Meinem Herzen
Selbst in Schmerzen
Freude, Hoffnung bot!

Wie die Rose
Weich im Moose,
Eingewiegt zur Ruh',
Schläfst hienieden
Nun in Frieden,
Blüthenleben, du!

Thränen fließen
Und begießen,
Was der Tod gesä't;
Elternherzen,
Reich an Schmerzen,
Sind sein Blumenbeet.

Still, ihr Lüfte!
Fühlt ihr, Grüfte,
Nicht ein heilig Weh'n?

Laßt mich lauschen!
Hört ihr's rauschen?
„Freudig Wiederseh'n!“

Nun so schweige,
Schmerzensreiche
Klag' in meiner Brust!
Todtenkränze
Blüh'n im Lenze
Auf zu neuer Lust!

„Was wir bergen
In den Särgen,
Ist das Erdenkleid!
Was wir lieben,
Ist geblieben,
Bleibt in Ewigkeit.“

Froher Glaube,
Der dem Staube
Leben, Hoffnung giebt!
Nein! sie haben
Nicht begraben,
Was mein Herz geliebt.

Letztes Gebet.

Ich habe dir mich hingegeben,
O Herr, der die Gestirne lenkt!
Dir bring' ich wieder Leib und Leben,
Die du in Gnaden mir geschenkt.

Mit manchem Feind hab' ich gerungen,
Nun kommt als letzter Feind der Tod;
Gieb, daß die Seele, unbezwungen,
Nicht bang verzagt in letzter Noth.

O naht euch, lichte Engelschaaren,
Der Feind rückt an in raschem Lauf —
Tragt aus den irdischen Gefahren
Den freien Geist zum Himmel auf!

O, Ruhestatt des Müden.

O Ruhestatt des Müden,
Nimm, nach vollbrachtem Lauf,
Ihn in den stillen Frieden
Der heil'gen Grabnacht auf!

Nach Stürmen, die ihn trafen
In sturmbewegter Zeit,
Bist du allein der Hafen,
Der sich're Ruhe beut.

Zu dir, der Schöpfung Meister,
Zu deines Thrones Höh'n,
Du Richter aller Geister,
Erhebt sich unser Fleh'n!

Von diesem Erdenpfade
Tritt Keiner fleckenlos;
Doch deine Lieb' und Gnade
Ist ewig reich und groß.

Du riefst uns in dies Leben,
Dein Ebenbild zu sein;
Wir ringen wohl und streben,
Doch unsre Kraft ist klein;

Vom sterblichen Geschlechte,
Wer kann vor dir besteh'n,
Willst du, nach ew'gem Rechte,
Herr, zu Gerichte geh'n?

O Vater, voll Erbarmen,
Voll Langmuth und Geduld,
Vergieb, vergieb dem Armen
Des Lebens Fehl und Schuld!

Laß ihn, befreit von Mängeln
Durch Glauben und Vertraun,
Im Bruderkreis von Engeln
Dein göttlich Antlitz schau'n!

Gieb Frieden.

Gieb deinen Frieden uns, o Herr der Stärke!
Im Frieden nur gedeihen deine Werke.
Daß wir im Kampf mit Sünde nicht ermüden,
Stärk' uns dein Frieden!

Des Lebens Tag ist schwül; des Lebens Abend
Oft stürmisch noch und Wenigen nur labend,
Ach, es bedarf das Herz im Staub hienieden,
Herr, deinen Frieden!

Gieb Frieden, daß die fromme, dir getreue,
Oft schwergeprüfte Seele sich erneue;
Daß sie nicht muthlos hingerissen werde
Vom Geist der Erde!

Gieb, wie den Vätern, die dir wohlgefallen,
Auch uns den Frieden, die im Kampf noch wallen!
Gieb Hoffnung, daß des Glaubens Ehrenkrone
Dem Sieger lohne!

Das ganze Leben auf der dunkeln Erde
Ist, ach, ein Streit mit Sorgen und Beschwerde;
O birg uns, Herr, in deines Friedens Schatten,
Wenn wir ermatten!

Und wenn zuletzt wir mit dem Tode ringen,
Deck' uns dein Engel, Herr, mit mächt'gen Schwingen
Und trag' uns hin, von allem Kampf geschieden,
Zum ew'gen Frieden!

CPSIA information can be obtained
at www.ICGtesting.com
Printed in the USA
LVHW110108200422
716647LV00003B/100

9 783752 597035